U0007399

曾許諾

卷二 然諾重，寸心寄

桐華 著

曾許諾

卷二 然諾重，寸心寄

目錄

第十二章 薄情轉是多情累

就是那些不懂禮教的野人們搶親，也要先看看自己的分量，少昊身分尊貴，神力高強，儀容卓絕，你哪一點比得上他？難道我會棄珍珠選魚目？請你自重，不要不自量力！

五月初五，是高辛的五月節，大吉之日，宜婚嫁。高辛少昊和軒轅妭的成婚大典也就在這日舉行。

軒轅百姓看才華，重英雄，高辛少昊是天下第一的出眾男兒，是每個少女夢寐以求的完美夫君，他們唯一的王姬能嫁給少昊，他們很高興。高辛百姓看門第、重血統，軒轅妭是黃帝正妃嫘祖所出，軒轅黃帝的血統是差了點，可嫘祖出自西陵名門，血統尊貴，族中還曾出過一代炎后，軒轅妭足以匹配他們的大王子。

兩國風俗不同，但毫無疑問，都很喜歡這場聯姻。高辛少昊和軒轅妭的婚事變成了每家每戶的喜事。自從出了軒轅山，軒轅族的送親隊伍所到之處，都是歡慶祝福的百姓。

昌意敲了敲鳳輦，高興地對車內的軒轅妭說：「看到了嗎？到處都是載歌載舞的人！」

軒轅妭端坐在車內，細聲說：「嗯，聽到了。」

昌意說：「前面就是湘水，少昊的迎親隊伍就在河對岸，按照禮儀，我只能送妳到岸邊，不如我們在這裡休息一會？」

「好。」

昌意靠著車壁，輕聲說：「明明應該很高興，可我一邊高興又一邊難過，都恨不得永遠不要到湘水。」

軒轅妭也把頭靠在車壁上，就好似靠著哥哥，「少昊是大哥的好朋友，他一定會待我很好，你不必掛慮，再說了，我只是嫁到高辛，你又不是不能來看我。」

昌意笑了，「嗯，我也是這麼想的，而且我的封地若水距離高辛又很近。」

軒轅妭問：「你什麼時候迎娶未來的嫂嫂過門？」

「就這幾年吧，正好也算個藉口能請妳回家，和我們團聚一下。」

「四哥，你以後常去看看母親。」

「會的，我會照顧好母親，妳不要掛慮家中。」

負責禮儀時辰的禮官來催，「殿下，再不起程就要錯過吉時，高辛的迎親隊已經到岸邊。」

昌意輕嘆口氣，吩咐起程。

不一會，就到了湘水岸邊。

兩邊的送親、迎親隊伍看到彼此，鼓樂聲吹奏得越發賣力，再加上兩岸百姓的歡叫聲，天地間一片喜氣洋洋。

在昌意的攙扶下，軒轅妭下了鳳輦，她的衣著已是高辛的服飾，高辛以白色為尊，她一身素白長裙，嫋嫋婷婷，對岸的少昊錦衣玉冠，濯濯華華。兩人隔江而望，一個青絲飛揚，清麗無雙，一個衣袂飄拂，風姿卓絕，令兩岸觀禮的百姓都心花怒放，真心讚美他們是天作佳偶、一對璧人。

嘈雜喧鬧的喜樂停了，先是禮官祝禱，然後鳴鐘、敲磬。

當鐘磬聲悠揚地傳出去後，高辛族上百名穿著禮服的童男童女開始詠唱迎親歌：

維鵲有巢，維鳩居之，之子于歸，百兩御之。
維鵲有巢，維鳩方之，之子于歸，百兩將之。
維鵲有巢，維鳩盈之，之子于歸，百兩成之。

在盛大的高辛禮樂聲中，成千上萬隻美麗的玄鳥翩翩飛來，在湘水上搭橋，這是高辛族最隆重的迎親禮節。上萬年間，雖有無數高辛王族成婚，可只有俊帝的結髮妻子享受過這樣的禮儀。

兩岸的百姓都沒有見過這麼奇詭美麗的場面，發出驚喜興奮的歡呼聲。

少昊踏上玄鳥橋，在鵲鳥的引領下，向軒轅妭行來，衣袂風翻，姿態端儀。

昌意笑著往後退了幾步，對阿珩說：「小妹，去吧！妳的夫婿就在前面等著妳。」看到高辛的禮節，他終於可以放心讓妹妹踏過這條河了。

在悅耳隆重的歌聲中，隨著鵲鳥的牽引，軒轅妭也踏上了玄鳥搭建的姻緣橋。

此時，日光和煦，清風徐徐，河岸兩側蒹葭蒼蒼，荻花瑟瑟，而河面上，碧波浩蕩，空無一物，只一座橫空搭建的玄鳥橋若一彎彩虹，穿破虛空，連起兩岸。

少昊和軒轅妭按照禮儀教導，一步一步、不緊不慢地走著。

所有人都激動地凝望著他們，期待著他們在橋上相會、執手的一刻。

突然，一聲穿雲裂石的怒喝傳來，「西陵珩！」

高辛族的迎親歌有上百人在唱，卻完全壓蓋不住這雲霄深處傳來的悲憤叫聲。軒轅妭充耳不聞，依舊朝少昊走去。

少昊瞟了眼雲霄深處，也好似沒聽到一樣，向著軒轅妭走去，卻手指暗結靈印，風勢突起，江面上雲霧翻騰、水汽滾湧，兩岸人的視線漸漸模糊，看不清江面。

少昊和軒轅妭走到橋中間時，江面上已經是雲霧密布，少昊向軒轅妭伸出了手，軒轅妭剛想把自己的手交給少昊。

「西陵珩，妳忘記了我們的約定嗎？」雲濤翻湧中，一個紅衣如血的男子腳踩黑色大鵬，從天而降，眼中滿是驚怒和悲憤。

軒轅妭定了定心神，才敢回頭，眼睛一跳，好似被那襲鮮紅給刺痛了眼，這是她親手養蠶紡織的衣袍。

「妳忘記妳許的諾言了嗎？年年與我相會於桃花樹下，妳真的願意嫁給他嗎？」蚩尤飛到她身邊，憤怒地質問。

阿珩居然淡淡一笑，說道：「聽不懂你在說什麼，請你立即離開。」

「阿珩，隨我走！」蚩尤向軒轅妭伸出了手，神情倔強堅毅，眼中卻藏著隱隱的哀求，「是妳父兄逼迫妳嗎？」

軒轅妭凝視著蚩尤，心中說不清是什麼滋味，他竟然冒天下不韙，公然來搶親，他此舉相當於向整個天下挑釁，到時候即使榆罔想護他都沒有辦法。

「我與少昊自小就有婚約，嫁給他是理所當然，何來逼迫？」說完，她看向了少昊。少昊從始至終一直平靜無波，就好似眼前的一切完全和他無關。

軒轅妭把手放在了少昊手裡，少昊淡淡一笑，握住了。

蚩尤猛地出手，欲從少昊手裡把軒轅妭帶走，少昊一隻手握住軒轅妭，另一隻手架住了蚩尤的雷霆一擊。

兩人胳膊相抵，蚩尤怒氣如火，少昊平靜如水。

一個剎那，蚩尤就已經明白自己完全不是少昊的對手，這個成名千年的神族第一高手實力深不可測，可是他卻不管不顧，連連出手，只想把阿珩從少昊手裡搶回來。

少昊一邊把蚩尤的招式化解掉，一邊溫和有禮地說：「蚩尤大將軍，這是高辛和軒轅兩國的婚禮，請隨侍女去觀禮台觀禮。」

蚩尤不說話，只瘋狂地進攻。少昊雖然已經下結界封住了一切，兩岸百姓完全看不到也聽不到這裡發生的一切，但時間一長，百姓肯定會起疑。

不能再拖延，他輕聲說：「得罪了！」一言剛畢，他的五指化作了五條白色水龍，昂著龍頭，張著大嘴，撲向蚩尤。

驚天巨浪，蚩尤被五龍攻擊，完全抵擋不住，被打下了鵬鳥的背，落入河中，鵬鳥哀鳴一聲，急速下降去救主人。

少昊此時一手仍穩穩地握著軒轅妭的手，詢問地看向她，軒轅妭點了點頭，少昊帶著她向前走去。

沒走一會，蚩尤竟然又從水中躍起，驅策鵬鳥擋在他們面前，他已經受傷，渾身濕淋淋，狼狽不堪，可眉眼間依舊是毫不畏懼的桀驁不遜，壓根不在乎自己不是少昊的對手，兩岸還有高辛和軒轅的精銳軍隊，只要少昊一聲令下，他就會被當場絞殺。

蚩尤雙掌變成血紅色，準備出手，這一次少昊也不敢輕敵，放開了軒轅妭，左手徐徐舉起，軒轅妭心中驚怕，一個急步，擋在少昊身前，厲聲斥罵蚩尤，「就是那些不懂禮教的野人們搶親也要先看看自己的分量，少昊身分尊貴，神力高強，儀容卓絕，你哪一點比得上他？難道我會棄珍珠選魚目？請你自重，不要不自量力！」

蚩尤不敢相信地盯著阿珩，悲憤交加，傷怒攻心，胸膛劇烈地起伏著，「我不相信這是我認識的西陵珩說出來的話。」

「本來就是你一廂情願地叫著西陵珩，我告訴你，自始至終只有軒轅妭。」

蚩尤的眸子剎那間變得黯淡無光，他點點頭，不怒反笑，「原來是我瞎了眼，給錯了心！」他邊縱聲悲笑，邊脫衣服，把衣服扔向阿珩。

大鵬鳥載著他向遠處飛去，很快連人帶鳥就消失在雲霧中，鮮紅的衣袍飄飄蕩蕩地落下，掉在軒轅妭腳前。

維鵲有巢，維鳩居之，之子于歸，百兩御之……

隨著風勢，雲霧漸漸散去，兩岸的百姓又能看清楚江面。他們看到少昊已經站在軒轅妭身邊，心中懷著喜悅激動，隨著高辛的禮樂隊一塊高聲唱誦著高辛的迎親歌：

維鵲有巢，維鳩方之，之子于歸，百兩將之。

維鵲有巢，維鳩盈之，之子于歸，百兩成之。

在迎親的歌聲中，在兩岸百姓的期待中，少昊和軒轅妭相視一眼，不約而同地伸出手，握住了彼此。

霎時，兩岸百姓發出震天動地的歡呼聲，即使隔著雲霄，依舊遠遠地傳了出去。

那個坐在大鵬鳥上，正在運靈力療傷的人聽到喜悅的歡呼聲，氣息猛地一亂，一口鮮血湧到喉間，他卻硬是一咬牙，又把鮮血嚥了回去。

少昊看著腳前紅袍，遲遲未行，軒轅妭卻好似什麼都沒看見，一腳踏在袍子上，兩人在玄鳥的牽引下繼續走著。

一步又一步，緊遵禮儀地走過了玄鳥橋，走到了高辛國的土地上。

成千隻玄鳥上下飛舞，上萬朵鮮花繽紛綻放，無數人歡呼雀躍。

之子于歸，百兩御之。

之子于歸，百兩將之。

之子于歸，百兩成之。

沿著鮮花鋪滿的道路，少昊牽著軒轅妭的手，走到了龍鳳共翔的玉輦前，軒轅妭提起裙裾蹬車，頭卻不自禁地轉回，看向對岸，那裡是她出生長大的故國，有她血脈相連的親人。

昌意似和她有心靈感應，立即高高舉起了手，一邊沿著江岸急走，一邊朝她揮著手。

軒轅妭微微一笑，轉回頭，登上玉輦，坐在了少昊身旁，卻在玉輦飛起時，忍不住望向了雲霄深處。

他現在可好？

高辛少昊用最盛大的禮節迎娶了軒轅妭，俊帝也對這位剛進門的兒媳婦表達了無與倫比的寵愛，賜住五神山[1]的第二大宮殿——承華殿，其他各式各樣的賞賜更是難以細說。

整個高辛國都在為大王子妃歡慶，大王子妃所住的承華殿卻鴉雀無聲。原來的宮人不知道這位新主子的性子，因而謹小慎微，不敢多言。跟隨軒轅妭來的侍女們都是黃帝親手所挑，個個謹言慎行，自也不會隨意出聲，以至於偌大一座宮殿，侍從雖然多，可個個都和鬼影子一樣，輕手輕腳，沒有一絲雜音。

阿珩靜坐在屋內，呆若泥人，腦內翻來覆去都是白天的一幕，當時只是緊張蚩尤的安危，生怕少昊真的動怒下殺手，恨不得立即趕走蚩尤，現在眼前卻總是浮現著蚩尤激怒扔衣，決然而去的樣子。

烈陽忽然從窗戶飛入，在屋裡亂抓一氣，打碎器皿，打碎了夜明珠，屋子裡驟然黑暗，丫頭婆子又是忙著驅鳥，又是忙著收拾東西。阿獙悄無聲息地溜到阿珩身邊，將一件髒汙的紅袍交給阿珩。

等侍女們重新拿來夜明珠，屋子裡光華璀璨時，阿珩依舊端端正正地坐著。侍女們不敢責罵烈陽，還擔心驚擾了大王子妃，頻頻告罪。烈陽停在樹梢頭，笑得鳥身亂顫。

過了一更，陪嫁的侍女半夏來問：「王子妃要先歇息嗎？看樣子殿下今夜趕不過來了。」

「再等等。」

軒轅妭相信少昊會來，她知道這裡的一舉一動很快會呈報到俊帝那裡，少昊也知道黃帝清楚地知道他有否善待軒轅族的王姬。少昊不會犯這種令黃帝誤會的錯誤。

二更時分，外面熱鬧起來，「殿下來了、殿下來了！」

正說著，少昊走了進來，滿身酒氣，腳步踉蹌，人倒還有幾分清醒，在喜婆的引導下，勉強和阿珩喝了三杯合歡酒。

侍女們服侍少昊洗漱寬衣後，陸續退了出去。

少昊醉眼朦朧地對阿珩行禮，「宴席上敬酒的兄弟太多，好不容易才脫身，讓妳久等了。」

阿珩低聲說：「沒有關係。」先上了榻，閉目靜躺著。不一會，少昊也躺到她身旁，屋子裡黑了下來。

阿珩全身僵硬，屏息靜氣，緊緊抓著衣服，心跳得好似要蹦出胸膛，少昊很快就醉睡過去，她等了半晌，少昊都沒有任何動靜，她用手指試探地戳了戳少昊，少昊仍舊沉沉而睡，阿珩終於鬆了口氣。

阿珩翻了個身，背對著少昊，心緒萬千，今夜是躲過了，以後呢？

1. 在萬水歸流的歸墟中，有五座山，因為是神仙所居，所以被統稱為五神山。根據《山海經》中對帝俊神系方位的記載，袁珂先生認為帝俊一系應該掌管五神山。《列子•湯問》記載：「勃海之東不知幾億萬里，有大壑焉，實為無底之谷。其下無底，名曰歸墟。其中有五山焉：一曰岱輿，二曰員橋，三曰方壺，四曰瀛洲，五曰蓬萊，其山高下周旋三萬里，其頂平處九千里。」

清晨時分，少昊輕聲叫她，「阿珩，今兒要早起，按規矩去給父王和母后行禮。」

阿珩一個激靈，緊張地坐起，少昊已經穿戴妥當，正坐在一旁，等候她起身。

阿珩紅著臉，少昊也似知道她尷尬，隨手拿起一卷書，低頭翻看。幾個侍女捧著妝盒，一邊偷偷地看他們，一邊偷偷地笑。在外人眼裡還真是新婚燕爾的恩愛夫妻呢！

阿珩在侍女的服侍下，盛裝打扮後，和少昊一起去給俊帝和俊后磕頭請安。

昨天是國禮，隔著滿殿的臣子，阿珩壓根沒看清楚俊帝，今天是家禮，阿珩才算真正看清楚了這位大荒三帝之一，也明白了王母說俊帝儒雅風流的意思。

雖然三帝齊名，可在大荒內，沒有幾個神能都見過三帝，阿珩不禁在心內暗暗比較著這三位帝王。

炎帝毫不在乎自己的外貌，阿珩見到他時，他葛服短襦，一雙草鞋，兩腿泥土，就是一個滿臉皺紋、乾瘦憔悴的老頭，如果不知道他的身分，絕不會相信他就是令天下歸心的炎帝神農氏。

黃帝並不注重容貌，只在乎帝王的莊重威嚴，大概覺得容貌既不能太蒼老，顯得沒有力量，又不能太年輕，顯得不夠穩重，所以他看上去是個四十歲左右的男子，舉手投足穩重威嚴，令人敬服，十分符合人們對威震天下的黃帝軒轅氏的想像。

俊帝則顯然非常愛惜自己的儀容，相貌依舊維持在年輕的二十來歲，也不穿王袍，而是一身家常的衣衫，看似尋常，實則是罕見的玉蠶絲所織。俊帝的五官和少昊有七八分相像，可少昊是並具山水丰神，而俊帝只有水、沒有山，眉眼溫柔多情，有著濃濃的書卷味，乍一看，完全就是紅塵中的翩翩公子。

阿珩進去時，俊帝正拿著一卷書冊在看，邊看邊點頭，食指在空中無意識地描摹著。侍女想通傳，少昊做了個噤聲的手勢，帶著阿珩靜立等候。

阿珩不禁想起了昌意，四哥也是這樣，對歌賦字畫的喜歡遠遠多過案牘文書。她好奇地偷偷看了眼俊帝看的東西，抿著嘴笑起來。

俊帝一抬眼，恰看到阿珩在抿嘴偷笑，他合攏書卷，問道：「妳在笑什麼？」

少昊心中一驚，俊后似笑非笑地靜看著。

阿珩忙跪下，回道：「父王所看的書是我的一個朋友所寫，看到父王如此欣賞，替他感到高興，不禁就失禮了。」

俊帝大喜，「妳真認識寫這些歌賦的人？我派人去尋訪過他，卻一直沒有消息。」

阿珩道：「他家裡的人並不喜歡他弄這些，他只是偷偷寫著玩，可又常恨無知音，不甘寂寞地把文字偷偷流傳出去。如今有知音欣賞，他已滿足，並不想被人知道。」

俊帝點點頭，似乎十分理解，也不再追問，「看他寫的這些東西就明白他求的是松間一彎月，而不是殿前金玉身，妳起來吧！」

阿珩這才正式給俊帝、俊后行禮。

俊后又賞賜了無數東西，一旁的侍從高聲奏報各件禮品。軒轅王室很簡樸，阿珩又自小不在這些物什上面上心，並不知道東西好壞，可看周圍侍女的神色，也知道自己榮寵至極了。不過，這位俊后出身高辛四部的常曦部，是二王子宴龍的生母，自嫁給俊帝後，接連生了六個兒子。她的妹妹和她同時入宮，位列妃嬪之首，養育了四個兒子、三個女兒，三個女兒都嫁給了白虎部，所以白虎部與宴龍、中容他們休戚與共。這對常曦氏姐妹在朝堂中勢力極大，俊后越是微笑和藹，阿珩越是不敢掉以輕心。

高辛是上古神族，禮儀繁瑣，阿珩和王后、王妃、王子、王子妃、王姬們全部見過禮後，又一一敘過家常，才能告辭離去。等走出大殿時，阿珩覺得自己都快笑僵了。

少昊和阿珩同乘雲輦下山，他在車內問道：「妳說的那個朋友可是昌意？」

阿珩吃了一驚，「嗯，是四哥。不過，請你保密，別告訴大哥，否則他又要責罵四哥了。」

少昊道：「其實，青陽……」阿珩看著他，他搖搖頭，「沒什麼，我會保密。」

少昊因為有事要處理，把阿珩送到承華殿後，就匆匆離去。

阿珩剛換上家居便服，侍女半夏來稟告：「有位叫諾奈的高辛官員來給殿下送東西，因為東西金貴，殿下不在，他說一定要王子妃過目。」

阿珩忙說：「反正沒什麼事，那我就去看看。」

聽到窸窸窣窣的腳步聲，諾奈立即站起，看到阿珩，他微笑著行禮，笑容下卻透著苦澀。

阿珩吩咐侍女們都站在屋外聽吩咐，因為門窗大開，屋內一切一目了然，所以倒也不算有違禮儀。

阿珩和諾奈寒暄一番後，暗用駐顏花布置了一個結界，有的話侍女們能聽到，有的卻不行。

這是臨行前，大哥研究了一番駐顏花後，特意教她的法術。

阿珩對諾奈道歉：「當日玉山上，一時胡鬧，假稱西陵珩，沒想到日後出了那麼多事，實在對不住將軍。」

「誰能想到堂堂軒轅王姬會如此戲弄我呢？我糊裡糊塗上了當也不能算愚笨。」諾奈沒有恭敬地唯唯諾諾，帶著幾分怨氣的自嘲反倒透出了釋然和真摯。阿珩心中暗讚，難怪少昊和雲桑都對此人青眼有加，「幾年前，我曾拜託少昊給你帶過一封信，後來你去看過雲桑嗎？」

「實不相瞞，當日看完信後，一時之間仍不能接受，其實我並不是心胸狹隘的人，可也許因為太在意了，反倒容不得一點欺騙。後來心平氣和下來，想明白一切都只是機緣巧合的錯上加錯，可當時我有婚約在身，也沒什麼面目去見她，見了她又能說什麼？我只能堅持先退婚，殿下幫我左右周旋，恰好女方那邊犯了點錯，殿下就以此逼迫常曦部解除婚約。這事如今說來不過三言兩語，可當時卻僵持了三年多。解除婚約後，我高興得以為終於可以光明磊落地見雲桑，於是趕往神農山向炎帝請求見神農的大王姬，沒想到……」

諾奈神色黯然，沉默了一會才又說：「神農的侍衛都很不友好，我想著見到她就好了，可她也神色冷然，連神農山都不允許我上，我去的路上還暗自興奮地打算私下問問她，如果我向炎帝求婚，她可願意。沒想到她一臉漠然，在山下和我匆匆說了幾句話，就要離開。我一腔熱情都化作了寒冰，只能返回高辛。」

阿珩柔聲問：「你現在明白雲桑當時為什麼那樣了嗎？」

諾奈點點頭，「想來當時炎帝已經不行了，雲桑神色冰冷，眼神卻躲躲藏藏，只是因為不想我看出她心中的哀痛。不停地趕我走，只是不想我察覺出炎帝有病。」諾奈眼中難掩傷心，「她也未免太小瞧了我！連這點信任都不肯給我！」

阿珩說：「你錯了，雲桑姐姐不是不信任你，而是不想你為難。如果你知道了炎帝病危，這麼重大的消息，事關天下局勢、高辛安危，你是守衛高辛的將領，是少昊的好友，你是該忠於高辛，忠於少昊，還是該保護雲桑？」

諾奈愣住，遲遲不能作答。阿珩說：「與其你痛苦得難以抉擇，不如雲桑自己承擔一切。這樣你既未辜負她，也未辜負少昊。」

諾奈起身向阿珩行禮，「多謝王子妃一語點醒夢中人，在下告辭。」

「你去哪裡？」

諾奈頭也不回地說：「神農山。」

阿珩含笑凝視著諾奈匆匆遠去。至少，有個溫暖堅實的懷抱可以讓雲桑姐姐嚎啕痛哭，把所有的委屈和悲傷都發洩出來。轉瞬間，想到自己，又不禁神色黯然。

晚上，趕在少昊回來之前，阿珩早早地睡了，想著以少昊的性子，絕不至於把她從睡夢裡叫醒。果然，少昊回來時，看她已經安歇，輕手輕腳，沒有打擾她絲毫。

清晨，阿珩起身時，少昊已經離去，臨走前，還特意吩咐廚子做了軒轅的小吃給阿珩做早點。

連著半個多月，不是這個原因，就是那個原因，阿珩和少昊始終沒有真正圓房。

阿珩每日天一黑就提心吊膽，根本睡不好，人很快瘦下來。一日夜裡，她為了躲避少昊，藉口水土不服，早早就上榻安歇。

從商議婚期到現在，已經一個來月沒有休息好，她竟然真的迷迷糊糊睡著了。少昊進屋時，看到半幅絲被都拖在地上，阿珩的一頭青絲也半垂在榻下，他笑搖搖頭，輕輕攏起阿珩的頭髮，想替她蓋好被子，手剛挨到阿珩的肩膀，阿珩立即驚醒，順手就從枕下抽出一把匕首刺向少昊。

寒光閃過，少昊手背一道血痕，鮮血滴滴答答流下。阿珩蜷縮在榻角，緊握著匕首，盯著少昊，因為蒼白瘦削，兩隻眼睛又大又亮，顯得弱不勝衣。

少昊一邊用絹帕擦去血痕，一邊說：「把匕首放下，我若真用強，妳的一把匕首能管什麼用？」

「我也不是想用來傷你，我只是、只是……」阿珩說不下去，把匕首扔到少昊腳下。

再這麼下去不是辦法，少昊決定把話挑明了說，他坐到榻旁，「妳和我都知道我們的婚姻意味著什麼，很多事情不是妳我能做主。不管我們的父王怎麼想，只從我們自己的利益出發，妳需要我的幫助，我也需要妳的支援，我們誰都離不開誰。不管妳之前怎麼想，也不管妳和別的男子有什麼，可妳現在已經嫁給我，我希望從今往後，妳能做一個真正的大王子妃。」

「是王子妃，還是你的妻子？」

少昊一愣，「這有區別嗎？」

阿珩說：「妻子就是一生一世的唯一，像炎帝對炎后一樣。你能不管榮辱得失、生老病死、興衰沉浮，都和我不離不棄，生死相依，永遠信任我、愛護我嗎？」

少昊怎麼都沒想到阿珩會如此質問，意外之餘，竟然有心驚的感覺，幾次三番張口，卻一直無法承諾。高辛和軒轅現在是盟友，可將來呢？他與阿珩之間有兩個國家的黎民蒼生，兩個家族的生死存亡，怎麼可能沒有猜忌和提防？

半晌後，他問：「那王子妃是什麼？」

「王子妃就像俊后，她和你父王休戚與共，彼此利用、彼此提防，他們只是利益的盟友，所以俊帝妃嬪眾多，俊后不但不傷心，還會親自甄選能歌善舞的美貌女子，討俊帝歡心，因為俊后也沒把他當成生死相依的丈夫，從來沒有全心全意信任過他、愛過他。你說你需要我的支援，你需要的是哪種？幫你登上帝位嗎？」

少昊盯著這個陌生的阿珩，似乎不久之前，滿天星光下，她還只是個爛漫天真的女孩。

「少昊，既然你需要的只是一個能幫助你登上帝位的王子妃，那麼我們定個盟約吧，我們不做夫妻，做盟友。」

少昊定了定心神，「願聞其詳。」

「二王子宴龍談吐風雅，才貌風流，網羅了眾多能人志士，在朝中很得人心，還獲得了其他眾多兄弟的全力支持。他的母親是俊后，執掌後宮，你的生母雖是俊帝的結髮妻，可生你時就已經去世，你在後宮沒有任何勢力。你面臨的局面是內有後宮層出不窮的陰謀，外有一群虎視眈眈的兄弟，你心裡很明白，你的父王能信任你一時，卻不可能信任你一世。為了自保，你只能常年遊走在民間，寄情山水。幾十年前，你想趁天下太平，未雨綢繆，整飭軍隊，為將來的天下動盪做準備，宴龍卻頻頻阻撓，生怕你藉機掌握軍隊，你本以為能取得俊帝的支持，沒想到因為你在大荒內的聲望太高，連你的父王也在忌憚你，你只能越發剋制隱忍。宴龍他們卻不肯甘休，竟然想透過和諾奈的聯姻，控制偏向你的羲和部。你雖然暗中幫著諾奈把婚事推掉了，但俊帝因此對諾奈從十分欣賞變作了十分不滿，你也算元氣大傷。」

少昊問道：「這些是青陽告訴妳的嗎？」

阿珩說：「誰告訴我的不重要，重要的是我的確能幫到你。我可以做一個完美的大王子妃，借助軒轅族的力量，讓宴龍他們無法再和你爭奪王位，你將來可以隨意調用高辛的將士來守護這塊美麗的土地，守護那些在這塊土地上辛勤勞作的人們。」

少昊越來越驚訝。他並不詫異軒轅妭能看透他的無限風光下實際隱藏著的重重危險，可他十分詫異軒轅妭知道他的志向。他之前只把這個女孩看作青陽的小妹，一個天真爛漫、衝動倔強的少女，可現在他發現自己錯了。

阿珩看少昊一直盯著她，以為他不同意，忽地變換了容貌，模仿著少昊的語氣，「看天上的星要在地上，看地上的星當然要去天上！請問公子願意和我一起守護這幅人間天境圖嗎？」

「妳是西陵公子？」少昊震驚得已經不知道該說什麼。

阿珩點點頭，「正是在下，我說了我們一定會重逢。」

「炎帝仙逝後，大荒內傳出謠言，說西陵公子是炎帝的關門弟子，《神農本草經》在妳手中，妳知不知道現在全天下有多少神和妖在找妳？」

「我知道，因為這就是我放出去的謠言，雲桑已經夠苦了，我不想他們再去騷擾雲桑。而且，那不是謠言，《神農本草經》就是在我手裡。」

少昊不能相信地感嘆，「炎帝怎麼會把《神農本草經》傳給妳？妳可是軒轅黃帝的女兒！」

可事實在眼前，他又不得不相信。

「你現在願意和我結盟嗎？」

少昊謹慎地問：「既然是盟友，那就是互利，妳的條件是什麼？」

「第一，我們同榻但不……」阿珩咬唇看著少昊手掌上的傷痕。

少昊苦笑，他又不是急色之徒，立即說：「同意，第二呢？」

「有朝一日，你若成為俊帝，請不要封我為后。」

少昊盯著阿珩，「同意！」

「第三，你成為俊帝後，請以你帝王的無上權力賜給我一次選擇的自由，讓我自己決定是去是留。」阿珩眼中隱有淚光，從出生起，她就注定了沒有選擇的自由，可她想為自己爭得一次選擇的自由。

少昊第一次有點真正理解了阿珩，因為有些東西他感同身受，他點點頭，鄭重地許諾，「我答應妳！」

阿珩嚴肅地伸出手掌，「從今往後，我們只是為了各自利益而戰的盟友，所以不管猜忌，還是提防利用都沒有關係，只需要記住遵守諾言就可！」

少昊一瞬間下定了決心，「好！做盟友，不做夫妻！」

他與阿珩三擊掌，定下了盟約。

阿珩如釋重負，打了個哈欠，睏得眼皮子都睜不開，「我終於可以好好睡一覺了。」倒頭就睡，不一會竟然有輕微的鼾聲傳來。

窗外月色明亮，隔著紗窗流瀉進來，照得地上如有玉霜。少昊側身躺著，也許因為高辛的宮廷裡都習慣繞著彎子說話，他已經太久沒有如此直接地說過話，他了無睡意，腦海裡反覆迴響著：「**妻子就是一生一世的唯一，你能不管榮辱得失、生老病死、興衰沉浮，都和我不離不棄，生死相依嗎？**」那麼丈夫呢？丈夫也會是妻子一生一世的唯一，不管榮辱得失，生老病死、興衰沉浮，妻子都會信他，愛他，對他不離不棄、生死相依。

少昊想著想著，啞然失笑。他需要的不是妻子，需要的是帝位，站在帝位旁邊的女子也絕不會是妻子，因為那個地方太窄了，容不下兩個並肩而立的人。

清晨，少昊把阿珩搖醒，「該起來了，知道我們的父王希望看到什麼嗎？」

阿珩發了會呆，揉著眼睛用力點點頭。

兩人在侍女的服侍下起身，阿珩笑坐到梳粧檯前，梳理髮髻。

少昊靠坐在一旁，一邊翻著書，一邊和她說著閒話。

等侍女替阿珩梳妝打扮好，少昊親手從院中剪了一朵海棠花，為阿珩簪到髻上。

阿珩帶著幾分羞澀，低聲說：「你去處理公務吧。」

少昊點點頭，握著阿珩的手，一直走到大門口，才依依不捨地離去。

一直暗中盯著他們的侍女，不管是軒轅族的，還是高辛族的都抿著嘴偷笑起來。

阿珩微笑地看著她們，心內卻長長嘆了口氣。

半夏把茶盅放到她面前，看著她，欲言又止，阿珩知道她實際上是大哥的屬下，也猜到她想說什麼，當做沒看見，自顧拿出書籍，開始翻看。

晚上，少昊早早就回來了，和阿珩一起用飯，飯後又一起在園中散步。阿珩隨口說她喜歡花草，想要一個大大的花圃，最好能一年四季都有鮮花。少昊竟然叫來侍從，命他們立即去找府邸的圖紙，送到諾奈府上，要諾奈重新設計，為王子妃建一個大花圃，讓她推窗即見花，關窗亦聞香。

少昊向來簡單隨意，第一次如此奢華鋪張，惹得王族中議論紛紛。

阿珩也未辜負少昊的心意和諾奈的設計，一雙巧手把花圃侍弄得聞名遐邇，因為俊帝也喜歡這些陶冶性情的奇花異草，後宮妃嬪、高門大族紛紛效仿俊帝，既是附庸風雅，也是討得帝王歡心，知道大王子妃善於養花弄草，紛紛前來求教，連和少昊不和的常曦部的夫人小姐們也忍不住登門求見。

少昊和阿珩常常一同用過晚飯後，一個坐在案前的燈下批閱各地文書，另一個側躺在榻上翻看醫書。夕陽西下時，兩人也會並肩坐於窗前，少昊撫琴，阿珩側耳傾聽。興致來時，兩人還會一起採集園子中的芙蓉花，釀造芙蓉花露，進獻給俊后。

少昊喜釀酒，阿珩會品酒，往往別人喝不出的差異，阿珩都能一言道破，同樣喜酒的八王子季厘在府邸舉行宴會，故意刁難他們，把少昊歷年來釀造的酒全搬出來，混在他從大荒各地收集來的美酒中讓大王子妃品嘗，沒想到蒙著雙眼的王子妃一一道破來歷，這還不稀奇，更稀奇的是她把少昊釀造的每種酒的缺點也一一指了出來，向來從容鎮定的少昊都難掩驚訝，季厘佩服得五體投地，眾人也引為奇談。

在高辛神族的眼中，少昊和軒轅妭堪稱天造地設的佳偶，連宴龍都似羨似譏地說：「大哥別的倒是罷了，就是運氣好，什麼好事都被他撞上了，原本只是個王族的政治聯姻，能不冷眼相忌就不錯了，他卻偏偏碰上個情投意合的。」

一次，殿內議事，時間晚了。俊帝剛命諸位臣子退下，少昊就急急往外走，俊帝叫他，他都沒聽到，等被侍衛喚回，他一臉惶恐。俊帝問道：「你在想什麼？」

少昊低聲回道：「前幾天阿妭醃製了家鄉小菜，今日開罈，早上出門時我讓她等我回來後一起吃飯，沒想到今日會這麼晚，怕她餓壞了。」

俊帝不以為忤，反而大笑，對著眾位朝臣說：「你們看看，我這個兒子娶了妻後才算有點煙火氣了，以前一舉一動哪裡會犯錯？」

滿朝哄堂大笑，眾人引為笑談，至此，少昊愛妻的名聲直接從朝上傳到了民間，整個大荒都知道少昊與軒轅妭十分恩愛。

這些王族的閨房趣談傳入神農，自然也就被蚩尤一言不落地全聽了進去，每一字、每一句都如利劍，剜得他心血淋漓。阿珩一心只想著如何騙過精明的黃帝，哪裡會想到這些點點滴滴竟然會狠狠傷到蚩尤，越發加深了他們之間的誤會。

第十三章 秋風肅肅起邊關

軒轅揮只能在火海裡四處奔逃，他的靈力漸漸枯竭，身體被幽冥之火侵入，慘叫著求饒。

祝融站在畢方鳥上，居高臨下地看著一切，縱聲大笑。

兔走烏飛，寒來暑往，轉眼已是秋末。

和往常一樣，阿珩和少昊用過晚飯後，同在一個屋子中卻各做各的事情。

阿珩正在翻看醫書，一抬頭發現少昊盯著她，把書卷合攏，「怎麼了？要休息了嗎？」

少昊說：「榆罔在集結大軍，只怕近期內就會進攻軒轅，高辛的探子回報，榆罔想向軒轅討回當年被軒轅欺騙霸占去的土地。我想聽聽妳的想法。」

「為什麼要聽我的想法？又不是我去領軍作戰！」

「我們兩個在這盤風雲際會的棋盤中還只是被利用的棋子，妳若不甘心做棋子，就要努力；

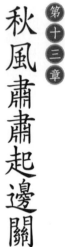

而妳想讓我尊重妳，就必須有讓我尊重的能力。」

阿珩立即坐直了身子，認真地想了想問道：「為什麼榆罔這麼快就決定要對軒轅動兵？他才剛登基幾個月，王座還未坐穩。」

少昊說道：「就是因為他王座不穩，才不得不出兵。」

阿珩很是詫異，忙虛心求教，「願聞其詳。」

「軒轅族立國後，因為土地貧瘠，一直在東擴，侵占了不少神農國的土地。神農王族在中原腹地，軒轅侵犯不到他們的利益，可各個神農諸侯國主的損失很大，他們對軒轅族的積怨很深，在前代炎帝的德望壓制下，他們不敢發動戰爭，對榆罔卻沒有顧忌，肯定聯合起來請求發兵。祝融、共工這些真正掌握兵權的大將也一定會煽風點火、推波助瀾。若打贏了，他們可以贏得軍心，更可以贏得各個諸侯國主的支援，打輸了就可以說榆罔昏庸無能。在百官逼求下，榆罔此時王位不穩，性子又缺乏魄力，只能被朝堂官員左右。」

阿珩嘆氣，「人人都以為帝王可以為所欲為，卻不知道帝王也是處處被牽制，可是……」她遲疑著。

「可是什麼？」

阿珩為了知道蚩尤的消息，只能一咬牙，裝作很平淡地說：「可是榆罔身邊有蚩尤輔助，蚩尤的性子卻不會任憑被擺布、被操縱。」

少昊面色如常，語氣和剛才一樣，「妳說的對，但是現在還輪不到他做主。」

阿珩心下沮喪，是啊，蚩尤如今空有一個名號，其實什麼都不是，根本不能左右朝堂的局勢。

少昊說道：「現在的炎帝榆罔只有上代炎帝的仁厚，沒有上代炎帝的智謀和決斷，大荒內的普遍看法是都認為，炎帝封蚩尤做督國大將軍是為了彌補榆罔性格上的缺點，我卻覺得炎帝還有更深一層的用意。」

「更深的用意？」

「在幾萬年前，高辛國力遠勝神農。神農的三世炎帝是一位非常有遠見和魄力的帝王，他廢除了同姓王封地，施行了異姓王封地，不管你是否是神農王室，也不管你是神還是人，只要為神農立了功勳，就可以被封王，享受封地的賦稅。因為三世炎帝的改革，神農英雄輩出，國力越來越強，漸漸壓倒了高辛。可時間長了，異姓王封地制的弊端漸漸顯露，各諸侯國世代承襲，彼此聯姻，勢力盤根錯節，不免用人唯親，貴族的子弟很容易就可以做將軍當大官，出身貧寒者卻很難出頭。賤民中往往藏著才華驚人者，卻因為陳陋的制度不但得不到機會施展，還常常會被輕薄的貴族少年欺凌，他們心中一定壓抑著很多力量，這些力量一旦被引爆，會非常可怕！」

聽到這裡，阿珩漸漸明白了少昊要講什麼，接著少昊的話道：「蚩尤出身賤民，對那些沒有根基、卻有才華的平民而言，蚩尤就是他們建功立業、出人頭地的希望，他們會自然而然地團聚在蚩尤的周圍，為蚩尤所用，也就是為榆罔所用，神農國因為這些新鮮血液的注入，才會煥發再一次的生機，這才是炎帝真正的用意！」

少昊微笑著點頭，也不知道是在讚許阿珩的一點就透，還是欽佩炎帝的驚人一招，「蚩尤性格狂放不羈，蔑視世俗規則，卻重情重義，有勇有謀，正是這些人苦等的明主，遲早有一日，他們一定會為他效死命。劍之所指、千軍齊發，到那時，蚩尤才會成為真正的督國大將軍。」

阿珩聽得驚心動魄，又是歡喜，又是憂愁，「神農地處中原，土地肥沃，物產豐饒，人口眾多，如果再有一個明君，能物盡其用，人盡其才，根本沒有外敵能撼動神農國。」

少昊面色凝重，「整個高辛的人口連神農的二分之一都不到，神農又地形多變，處處是易守難攻的關隘，高辛卻千里平原，只靠著江水的天然屏障防護，神農族只要能渡過江水，就是高辛亡國之時。」

阿珩也心情沉重。軒轅雖然地形複雜，氣候多變，能據守的關隘很多，可土地貧瘠，物資匱乏，即使父親這些年一直勵精圖治，修河堤，開良田，仍沒有辦法和可以一年兩種兩收的中原地區相比。

少昊輕嘆口氣，「其實這些都可以克服，高辛最大的危機在於萬年不變的體制，尊崇血統和門第，禁止不同門第之間通婚，朝政被王族子弟和青龍、常曦、羲和、白虎四部牢牢把持，令多少神族、妖族、人族的有才華者心懷怨恨的流失？妳父王的第一功臣知末就是高辛妖族，因為出身低賤，在高辛被人唾棄，卻輔佐妳父王，成就了軒轅的雄圖霸業，被譽為帝師。」

阿珩和少昊想到兩國未來的命運都心事重重。

阿珩問：「如果現在神農對軒轅正式宣戰，高辛恐怕不會參戰吧？」

少昊淡淡說：「不會！軒轅這幾千年來究竟積蓄了什麼力量，我很想知道，現在有神農肯打前鋒去試探一下，高辛當然要坐壁上觀，即使黃帝來遊說父王同意，我也會力諫反對！」

阿珩苦笑，「何必這麼坦白？」

少昊道：「該欺騙的時候我會毫不猶豫地欺騙，這件事情上沒必要，反正妳很快就會知道。」

阿珩突然明白了為什麼大哥和少昊能是好友，他們倆都有一種近乎殘酷的坦誠。她看了眼水漏，起身把書卷收好，「我們休息吧！」

少昊和阿珩並排躺在榻上，中間卻隔著至少兩尺的距離。

阿珩突然說：「我明天想去見一下父王和母后，請他們允許我出宮，你能幫我求個情嗎？」

「恐怕不容易。高辛是上古神族，號稱樂禮之族，民風保守，禮教森嚴，不要說王子妃，就是王后也不能隨意外出。」

「父王給我陪嫁了三千蠶種，我聽說因為水土不對，已經死了一半。我想明日和父王請求出宮去勘察各地水土民情，選擇適合高辛的蠶種。」

少昊想了想說：「父王性子儒雅，愛好舞樂書畫，對兒女很溫和縱容，主要是王后那裡難說，父王又不怎麼理會後宮的事情。不過，高辛主要的衣料來源是麻，產量低，紡織困難，穿在身上還不舒服，這幾千年來王室貴族所用的綢緞衣料都要從軒轅購買，是一筆很大的開銷，我們以此請求，父親肯定會支持妳，王后到時也不得不讓步。」

「謝謝！」

黑暗中，他們兩個都沉默著，過了一會，少昊輕聲說：「謝謝妳肯教導高辛百姓養蠶紡織。」

「別忘了我們是盟友，我如今是高辛的大王子妃，這是我應該做的。」

阿珩翻了個身，背對著少昊，少昊也翻了個身，背對著阿珩。

在少昊的幫助下，阿珩從俊帝那裡獲准可以出入五神山，不過一定要在侍女和侍衛的陪同下。雖然和在軒轅時的自由不可同日而語，但她對這樣的結果已經很滿意。

日子就在看似的平靜中，匆匆流逝。

年末，炎帝榆罔派使者去軒轅覲見黃帝，要求黃帝歸還從神農族侵占的土地，黃帝拒絕了炎帝的要求。

炎帝在紫金頂對神農百官宣布，為收復被軒轅欺騙掠奪去的土地，向軒轅開戰。

整個朝堂群情激昂，年輕的兒郎們渴望用自己的鮮血去洗刷掉祖先的恥辱，這個願望在七世炎帝手裡無法實現，卻在年輕的八世炎帝手裡得到了滿足。

祝融受封征西將軍，率領五百神族、三千妖族、五萬人族，向軒轅族討還失去的土地。

第一戰對整個國家的士氣相當重要，可以說只許勝、不許敗，阿珩以為父親會派大哥青陽統領三軍迎敵，不想統領軒轅軍隊的大將軍是三哥軒轅揮。

軒轅揮是三妃彤魚氏所出，阿珩和這個哥哥很少見面，完全不清楚他的能力。

她去詢問少昊，「為什麼父王沒有派大哥？祝融號稱火神，擅長控火，關鍵時刻肯定會布神陣，用火攻城，大哥的冰雪術恰好可以剋制祝融的火。」

少昊正在撫琴，聽到阿珩的問題，一邊撫著琴，一邊說：「如果神農此時進攻高辛，父王也不會派我迎敵。」

阿珩琢磨了一瞬，不願意相信地說：「父王怎麼會忌憚大哥？大哥可是他一手教導出來的！」

少昊淡淡道：「當兒子只是兒子時，黃帝作為父親，自然要花費心血培養出最能幹的兒子，可當兒子漸漸長大，變成臣子時，他作為帝王，也自然不能令一個臣子獨大，黃帝只是做了每一種身分應該做的事情。」

阿珩很能接受俊帝忌憚少昊，卻十分難以接受父王在忌憚大哥，看來什麼事情都是與己無關時最冷靜。

少昊似乎完全理解她的感受，自顧信手撫琴，沒有理會怔怔發呆的阿珩。

好半晌後，阿珩難受地說：「你和大哥可真不愧是同命相憐的好朋友，外人把你們當絕代大英雄尊敬，自己家人卻把你們當亂臣賊子來提防！」

少昊停住撫琴，想了想阿珩的話，笑起來，「其實，青陽比我更艱難。」他看了眼不解的阿珩，「妳以後慢慢就會明白。」

祝融兵分兩路，進攻軒轅的西邊境，圍住了潼耳關，軒轅揮一直謹記黃帝的囑咐，固守城池不出。

潼耳關易守難攻，只要軒轅揮死守城門不出，和祝融耗時間，祝融性子火爆，遲早犯錯，等祝融犯錯時，就是軒轅反攻時。

守城看著容易，可歷朝歷代，多進攻型名將，卻少守城型名將。守城打的是心理戰，時間長了，遠道而來的神農族固然著急，軒轅族也不好受。神農為了逼軒轅迎戰，各種招數都用上。軒轅的士兵們都是血氣方剛的男兒，面對神農的各種挑釁，恨不得衝出去和神農決一死戰都好過做縮頭烏龜，軒轅揮卻遲遲不肯迎戰，他們漸漸有了怨氣。

軍中流言四起，說軒轅揮膽子太小，所以龜縮在城池裡，如果換做大殿下青陽，肯定早就把祝融打得落花流水。

軒轅揮本就有些沉不住氣，聽到下屬們的議論，想起母親對他的殷殷叮囑，越發心亂。

臨行前，母親把他和九弟夷彭叫到一起。

「有些話，娘一直瞞著你們，現在你們都大了，也該告訴你們了。我和朝雲峰上的那個女人，遲早有一天不是我死就是她死，若是青陽繼承王位，我們母子三個立即自盡是最好的選擇。」

夷彭無奈地說：「娘，那些都是過去的事情了。現在大哥對我們很好。何必對過去的事情耿耿於懷？」

「很好？」母親一巴掌搧到夷彭臉上，「我給你說過多少遍，讓你提防他！你再糊裡糊塗下去，遲早死在他手裡！他的毒蛇信子都吐到你臉上了，你居然還把他當好哥哥？如果你肯幫著你三哥一點，青陽的勢力何至於這麼大？」

母親似乎對弟弟完全失望了，目光殷殷地看著他，「揮兒，這次出征一定要勝利！這是我們母子熬了上千年才熬來的機會，只有勝了，你才有機會讓你父王重用你，一定要證明你的能力不輸於青陽，一定要讓你父王明白，你才是他最優秀的兒子。」

他不知道怎麼答覆母親，只能跪下磕頭，「兒子一定會盡全力。」

……

對母親的許諾沉甸甸地壓在心頭，時時刻刻提醒著軒轅揮。事關他們母子三個的生死，他必須勝利，必須！

兩個急於立功的下屬看出了軒轅揮心思浮動，勸他開城迎敵，「祝融遠道而來，又僵持了這麼久，早就人困馬乏，我們卻是以逸待勞，現在又正是士氣最旺時，如果趁夜奇襲，必定能建奇功。」

軒轅揮在聽到「必定能建奇攻」時，腦袋一熱，下定了決心，他現在太需要用豐功偉績來證明自己了。

他召集了各族將領，商量深夜偷襲祝融，各路將領全都同意，主管糧草押運的應龍卻一再反對，軒轅揮完全聽不進去，斥責應龍，「你一個小小妖族，有什麼資格在我們神族大將前大言不慚？」

屋子內，所有的神族都哄笑起來，應龍低下了頭，不再說話。

深夜，軒轅揮親自率領神族精銳去偷襲祝融軍隊，幾萬人族大軍守在周邊，準備圍剿潰逃的軍隊。

一切都如他們所料，祝融的大軍幾乎沒有任何提防，被他們一打就開始潰散逃跑。

軒轅揮看到有五色火焰標誌的祝融旗逃向北邊，那裡是一望無際的平原，祝融簡直連防守的地方都沒有。軒轅揮心下狂喜，突然想到如果能殺死祝融，只怕明日一早他的威名就會傳遍整個大荒，想到軒轅青陽，想到父王，想到母親……他興奮下，忘記了最後的謹慎，召集所有神族軍隊追殺祝融。

當他們追到平原上時，突然之間，五色火焰旗分成了五朵火焰，環繞著飄開。軒轅揮冷笑，知道你擅長火攻，我自有準備。軒轅族的軍隊開始布調雨陣。

祝融笑坐在畢方鳥上搖頭，每一個陣勢除了借助神族靈力外，還要因地制宜，如今寒冬臘月，在這枯草連天的地方調雨？這明明是火陣的最佳地點。

神農族看似在慌亂地四處潰逃，實際都已到了各自的方位，祝融坐在陣眼，催動靈力，霎時，整個草地都開始燃燒。

軒轅揮也命眾將士調雨，可他們的陣法困在了祝融的大陣中，此地的天靈地氣又本就適合火靈，不適合水靈，慢慢的，他們的雨越來越小，祝融的火卻越來越大，吞噬向他們。

軒轅揮開始驚恐。

兩軍相逢勇者勝！主將一慌，軍心立散，士兵開始逃跑，整個陣法都散了。逃跑的士兵越來越多，可天上地下都有神農族的士兵把守，見一個殺一個。

軒轅揮發現自己陷入了大火包圍中，駕馭坐騎想逃，祝融卻用雷霆之火，將他從天空逼回到地上。

火光越來越盛，軒轅揮的坐騎驚怕，不再聽從軒轅揮的命令，掙脫了軒轅揮的束縛逃跑了。軒轅揮失去了坐騎，只能在火海裡四處奔逃，用靈力隔絕著一波又一波的熱浪，可這是神農族五百神兵聯合布的火陣，又在火神祝融的全力操控下，軒轅揮的靈力根本阻擋不了。他的靈力漸漸枯竭，身體被幽冥之火侵入，整個內腹都開始燃燒，身體從內而外發出紅光，他慘叫著求饒。

祝融站在畢方鳥上，居高臨下地看著一切，縱聲大笑。

遠處的應龍看到通天的火光時，已經明白大勢不可挽回，立即命一隊熟悉地形的妖族帶領人族軍隊繞道從山谷中撤退。他和兩千妖族士兵守在兩座山峰前，靠著箭術掩護人族大軍的撤退，又利用山谷中的河水，設置了小小的水陣，阻擋著祝融的追殺。

一夜廝殺，天地變得焦黑一片，死傷慘重。

天明時分，潼耳關失守的消息傳回軒轅城。

以軒轅揮為首的神族將士全軍覆沒，妖族死傷慘重，人族潰逃入深山中，可奇蹟般地竟然沒有一人死亡。

黃帝聽到奏報，身子顫了顫，軟坐到椅子上，一句話都說不出來，半晌後，才聲音暗啞地下令：「立即處死臨陣逃脫的應龍，所有逃兵都貶為奴隸，充軍中苦役。」

青陽知道黃帝因為喪子之痛，急怒攻心，不敢力勸，進言道：「應龍死不足惜，不過他目睹了整場大戰，有最可靠的情報，不妨先把他押送回來，問清楚祝融那邊的敵情後再處死他。」

黃帝無力說話，只是揮了揮手，示意青陽全權處理。

青陽領命而出，對侍女朱萸吩咐：「妳立即趕赴邊境，跟隨押解應龍的官員一起回來，仔細照顧應龍，給應龍枷鎖加身，不過一路上一定要尊重，千萬不可怠慢。」

朱萸不解，「為何要如此？他不是快要死了嗎？」

青陽道：「祝融神力高強，被尊為火神。應龍帶領兩千妖族，就敢和祝融周旋，利用地勢保全了人族將士，以至於妖族死傷慘重，可謂仁智勇三全，是罕見的將才。父王現在急怒攻心，一時失察，等怒火平息後就會想到這點，肯定會重用他。」

正在說話，三妃彤魚氏披頭散髮地從鸞輦上跳下，兩只鞋子的顏色都不一樣，顯然一聽說消息，連梳洗都沒顧上，就跑來求證。

她邊跑邊喊，「陛下，他們傳假消息，他們傳假消息……」看到青陽，她的眼睛立即直了，怒火熊熊燃燒，「你，肯定是你，是不是你的詭計？我早知道你肯定想害死他們，你要為雲澤報仇，是你害死了揮兒……」她一邊哭喊，一邊撲上來打青陽，侍女忙把她拖住。

朱萸駭得臉都白了，青陽卻置若罔聞，恭敬地對彤魚氏行了一禮，翩翩離去。

身後仍然是彤魚氏淒厲的哭叫聲，「揮兒不會有事，揮兒不會有事……」

這樣的話語是多麼熟悉——

一千多年前，母親臉色煞白地站在他面前，一遍又一遍喃喃說：「雲澤不會有事，雲澤不會有事……」

母親絕望地抓著他的手，像是在哀求他，求他告訴她「雲澤不會有事」。

他多麼想告訴母親「雲澤沒有事」，可是他什麼都說不出來，只能沉默地跪在母親面前，重重地磕頭，用力地磕頭。

母親的身子如抽去了骨頭般，軟軟地滑倒，癱坐到地上。

他把雲澤最後殘留的一截頭骨放在了母親面前。

母親捧起頭骨，把頭骨摟在懷裡，不哭也不動，只是不停地用手撫摸著，嘴唇一翕一闢，聽仔細了，母親竟然哼唱著搖籃曲，「小兔子跳，小馬兒跑，娘的小寶不疼……」

他記得雲澤幼時十分怕疼，不管是磕了還是碰了都要哇哇大哭，母親總是抱著他，輕聲哼唱著這首搖籃曲，可是那麼怕疼的雲澤卻被活活燒死了。

……

青陽的眼神越來越冷，唇角越抿越硬。

軒轅族全軍覆沒，一個王子戰死的消息傳到高辛，整個高辛的朝堂都亂了。

有的官員主張立即派兵支援軒轅族，否則神農打敗了軒轅的話，下一個進攻目標就是高辛；有的官員反對，說軒轅只是吃了一次敗仗，高辛應該再觀望觀望；還有的官員建議應該給神農送去美女重禮，向神農示好，最好能和神農聯姻。

阿珩正在城外教導婦女紡紗，聽到這個消息，立即趕回五神山。她不敢去打擾百官朝會，只能在外面守候。

三身、季厘兩個王子主張幫軒轅，共同抵禦神農；宴龍、中容、黑齒等十幾個王子主張不幫，各持己見，吵得不可開交。

俊帝讓他們都安靜，問少昊，「你怎麼看？」

宴龍和中容都冷笑，少昊是軒轅的女婿，答案還用問？

少昊簡單地答道：「兒臣的想法是按兵不動。」

俊帝道：「那就這樣了，我也累了，散朝吧！」

聽到少昊反對出兵，半夏拿眼偷瞅阿珩，阿珩沒有任何反應，依舊是安靜地站在僻靜處。

少昊和季厘一起走出大殿，走著走著卻停住了步子，讓季厘先離開。

他穿過重重廊柱，走到阿珩面前，主動牽起阿珩的手，「我們走走再回宮。」

半夏和侍女們知趣地落在了後面。

少昊問：「妳聽到我說的話了？」

「嗯。」

「生氣了嗎？」

阿珩說：「本來我聽到什麼全軍覆沒，很害怕，一路跑了過來，可聽到你說的話後反倒安心了。你肯定是認為軒轅並沒有傷到元氣，才如此篤定地不出兵，若軒轅真形勢危急，你早急了。」

少昊輕聲笑，笑聲蕩漾在風中，透著愉悅，「這仗只怕一時半會打不下去，高辛的確不必著急。」

少昊說到這裡就不再說，看著阿珩，好似有意在考她。

阿珩不甘示弱，仔細想了一會後說道：「榆罔本身並不想打仗，派祝融出戰只是無奈之舉。祝融也不是真想打，只是為了爭取軍心和拉攏諸侯，現在他已經打了一個漂亮的大勝仗，殺了軒轅族的一個王子，可謂功勞十分大，再打下去，就要深入軒轅腹地，將是苦戰，祝融絕不想消耗自己的兵力，所以他肯定不會帶兵深入，若有官員鼓動著繼續作戰，祝融就會為了自己的利益站在榆罔一邊。」

少昊點頭，「不愧是青陽的妹妹，進步很快，要不了多久，妳已經可以上戰場領兵作戰了。」

阿珩對少昊作揖，「那是因為我有明師，你每日都和我談論這些事情，只要不是塊朽木，總該進步，不過……」

「不過什麼？」

「我和三哥很少接觸，幾乎沒什麼印象，說實話，聽到他死的消息，吃驚多於難過，可他是我父王最寵愛的女子生的孩子，我父王只怕現在很傷心，祝融不會再打軒轅，我父王卻不見得會放過他。」

少昊說道：「我父王才情品貌都是頂尖，就是耳根子軟，一點風吹草動就要提防我們這些兒子，可若我們哪一個真被殺了，他肯定立即發兵，不惜一切也要為我們報仇，但是妳父王不同，他只會一時傷心，傷心過後又是一切以大局為重。」

阿珩聽到少昊的話，心裡發寒。

少昊想起青陽，眼中隱有擔憂，「阿珩，妳知不知道妳還有個哥哥？」

「知道一點，論排行應該是二哥，不過他死的早，所以大家都不提。」

「妳知道他怎麼死的嗎？」

「四哥和我說病死的，因為怕母親傷心，我從來不敢問，說起來，我連這個哥哥叫什麼名字都不知道。怎麼突然問這個？」

「沒什麼，就是突然想起來。」

阿珩神色黯然，「說是神族壽命長，可我的九個哥哥，只剩七個了。我們總覺得自己命長，事事都不在乎，反正有的是時間，其實，很多東西的逝去就一剎那，漫長的生命只是讓痛苦變得無限長。」

少昊瞟了她一眼，問道：「我釀造的雌雄酒都好了，要不要嘗試一下雙酒同喝的滋味？」

「好！」

族人全軍覆沒，一個哥哥陣亡，阿珩心裡的壓抑的確只有大醉一場才能化解。

少昊對天空發出一聲清嘯，他的坐騎玄鳥落下，少昊牽著阿珩的手躍到玄鳥背上，後面跟著的侍女侍衛都急了，追著他們跑，「殿下，王子妃，你們去哪裡？」

阿珩對少昊厭煩地皺了皺眉頭，臉一轉卻是笑容滿面，依在少昊懷裡，對著他們嬌聲說：「我們夫妻要去做夫妻事，你們也要跟著來看嗎？」

軒轅的侍女們還好，高辛的侍衛、侍女全都驚駭地停住步子，不敢相信堂堂王子妃竟然口出淫亂之語。

阿珩衝少昊眨眨眼睛，少昊搖頭大笑，駕馭著玄鳥迅速飛走了。

一切都如少昊和阿珩的分析，榆罔在大肆犒勞封賞了祝融之後，對乘勝追擊的建議並不熱衷，祝融又藉口士兵水土不服，出現腹瀉，拒絕再深入軒轅腹地。

軒轅國內，黃帝封賞了妖族的應龍，讚許他為軒轅保存了珍貴的人族兵力。

面對黃帝的厚愛，應龍一遍遍叩謝。

等應龍和其他官員告退後，殿堂內只剩下黃帝和青陽時，黃帝對青陽道：「這次你做的很好，若不是你，我不但會錯殺一個難得的大將，還會傷到妖族的心。沒有糧草，沒有兵器，甚至沒有土地都可以想辦法，但失去的民心卻沒有辦法挽回。你也要記住，這世上最珍貴的是民心，萬萬不可失去民心。」

青陽恭敬地說：「兒臣謹記父王的教誨。」

黃帝問：「祝融的事情，你怎麼看？」

青陽道：「祝融殺了三弟，自然不能輕饒，我願領軍去討伐他，必提他的頭顱來見父王。」

黃帝搖頭，「祝融不能殺！祝融的母親、祖母都出身尊貴，在神農國中勢力根深柢固，如果我們殺了祝融，就等於逼這幾大部族和我們死戰。神農的人口是我們的三倍，我們再驍勇，也抵擋不住一個要和我們決一死戰的神農國。」

青陽思索了一會，道：「兒臣愚鈍，沒明白父王的意思，還請父王明示。」

黃帝說：「最好的做法不是殺了祝融，而是讓祝融歸順我們，把他的勢力收歸到我們旗下。」

「怎麼可能？祝融是血脈純正的神農族！」

黃帝眉毛一揚，視線銳利，質問道：「怎麼不可能？當年神農的先祖不就是盤古的下屬嗎？」

青陽忙道：「父王說的有道理，這個天下本就是能者居之。祝融貪欲重，自認為神力是神農族最高，不甘心屈居無能的榆罔之下，只要許以重利，他必定動心。」

黃帝笑點點頭，「不過他是頭野狗，先要用錘頭把他的銳氣砸去，令他畏懼，再用肥美的兔子誘他入圈，慢慢把他馴化成家狗。」

「兒子明白了。」

「這件事情就交給你去辦，我知道神農國內有你的探子，讓他們說說話，讓榆罔和所有官員都知道祝融遲早要反，等祝融意識到整個朝堂都認為他要反時，那他不反也得反了。」

青陽跪下磕頭，「是。」黃帝既是在安排任務，也是在告訴他，你做什麼我都知道。

黃帝低頭翻看文書，「你下去吧。」

青陽站了起來，「三弟剛過世，昌意的婚事是否要推後？」

黃帝想了想，道：「不用了，又不是長輩過世，沒什麼服喪的規矩，何況昌意的婚事是明年春天，還有一年多的時間，如期舉行吧！軒轅如今正是用人之時，昌意娶了若水未來的女族長，將來徵召若水族上戰場也會容易很多。」

黃帝不知道想起了什麼，神思有些怔怔，一會後又說：「婚事雖然有你娘操辦，但你娘這些年精神不濟，你多幫著點，一定要盛大隆重，把四方的賓客都請到，讓若水族明白，我們非常尊重他們。若水族驍勇善戰，卻心思單純，我們越尊重他們，他們才會對我們越忠心。」

青陽年少時，黃帝還沒有建立軒轅國，嫘祖也不是王后，沒有什麼母后的稱謂，黃帝不知不覺中用了舊日稱呼，殷殷叮囑，青陽忽然間聽到，幾分心酸，低著頭，真心實意地一一答應。等黃帝全部吩咐完後，青陽告退。

朱萸看到青陽出來，快步迎上去。

朱萸跟在青陽身後一邊走路，一邊說：「應龍這混蛋太不像話了，今日我碰到他，給他打招呼，道賀他高升，他一臉冷冰冰，一點不領情，也不想想如果沒有殿下，他早死了！」

青陽盯了朱萸一眼，譏諷道：「妳跟在我身邊已經一千多年，修煉成人形也好幾百年了，怎麼還像塊沒心沒肺的木頭？」

朱萸滿臉不服，不敢反駁，心裡卻嘟囔，我本來就是塊沒心沒肺的木頭啊！

青陽耐著性子解釋，「我救他是因為他的品德和智謀，想給他一次施展才華的機會，如果他過來親近我們，反倒是辜負了我，也讓我後悔救了他。」

「什麼意思？」朱萸還是不懂。

青陽幾乎無奈，一臉寒氣地說：「他若和我走得太近，父王在用他時，勢必會有顧慮，那不就是辜負了我救他的心意？」

「哦！原來是這樣啊，看來我錯怪了他！我就說嘛，我們妖族可是最懂知恩圖報的。」

青陽看著這塊木頭，無奈地搖搖頭，邊走邊吩咐：「若水族崇拜若木，但若木離了若水就很難活，妳想辦法把若木在軒轅山養活，等昌意迎娶濁山昌僕時，我要若木花夾道而開。」

朱萸笑嘻嘻地說：「這事包在我身上，我去找若木的老祖宗求求情，他欠我一點東西，讓他的子孫們開一次花應該沒問題。」

「還有，讓朝雲峰頂的桑椹提早成熟。」

「知道了，昌意和阿珩都喜歡吃冰椹子，等他們回來時，你就去下場雪，正好可以採摘新鮮的冰椹子，比冰窖裡藏的好吃很多。」

青陽冷冷盯了朱萸一眼，朱萸嚇得立即低頭，心內直嘀咕，人家笨了要盯，人家聰明了也要盯，什麼嘛？

第十四章 執子之手，與子偕老

我們若水兒女一生一世只擇偶一次，
我是真心願意一生一世跟隨你，與你白頭偕老，
你可願意一生一世只有我一個妻？

十來個婦人圍在一個大扁籮前，扁籮中有十幾堆顏色各異的蠶種，阿珩一個個拿起來細講。

「大荒內最常見的蠶種有桑蠶、柞蠶、蓖麻蠶、木薯蠶、馬桑蠶、樟蠶、栗蠶、樗蠶、烏桕蠶、柳蠶、琥珀蠶……大部分顧名思義就可以明白這些蠶主要吃什麼。不同的蠶種用途各有不同，比如蓖麻蠶繭不能繅絲，卻能做絹紡，而這個金黃色的蠶種是琥珀蠶，以楠木葉為食，絲質堅韌帶琥珀光澤，只是產量低，用來製作上等衣料……」

婦人們拿著蠶種一邊仔細辨認，一邊低聲討論。

阿珩走到一旁的竹席上盤腿坐下，篩選著村人們收集來的野蠶種，因為耗神耗力，天氣又

熱，不一會已經是一額頭的汗。她隨意擦了下額頭的汗，正想找水喝，一碗水遞到了眼前。

她以為是哪個婦人，隨手取過水碗，一口氣喝光，笑道：「謝謝。」側身遞回水碗，卻看見是少昊。

他半蹲在一旁，好奇地看著她篩選蠶種，而院子裡的人不知何時早走空了。

「你什麼時候來的？怎麼不叫我一聲？」阿珩十分意外。

「今日朝中沒什麼事，我去外面的村子裡走了走，聽說家家戶戶都可以免費來領蠶種，正好順路，就來看看妳，看到妳正在給村婦授課，聽著很有意思，我就站在外面一塊聽了一堂課，真沒想到小小的蠶都有這麼多學問。」

阿珩一笑，低頭繼續幹活。

少昊問：「妳哪裡來的那麼多錢？」

「你忘記父王和王后賞賜的東西了？一些有特殊標誌的王族用品，我命半夏都收好了，別的東西扔在庫房裡也是落灰，不如拿出來雇人收集野蠶，培育蠶種。」

「難怪十里八村的人都在稱讚父王，原來是這麼回事。」

「我用的是父王賞賜的東西，當然是父王的恩澤了。」

少昊低聲說：「謝謝妳。」

阿珩看少昊神色消沉，似乎剛發生過不愉快的事情，他不想說，阿珩也不方便主動問，指指面前的蠶種，「幫我篩選蠶種，你用靈力探視，如果蠶卵健康強壯就留下，如果不好，就不能養，只能放回野外。」

少昊盤膝坐到阿珩身旁，開始幹活。他靈力高強，蠶種從他手裡經過，自動分成了兩撥，做起來絲毫不費力，阿珩索性偷懶停了下來，一邊納涼，一邊只看著他挑選。

少昊問：「昌意的婚期定在明年春天，青陽已經派了使者來，向父王請求明年接妳回軒轅，參加昌意的婚禮。」

阿珩大喜，「父王怎麼說？」

「父王答應了，命我陪妳一塊過去，拜見岳父岳母。」

阿珩想到四哥的婚事，想到可以回家，心情十分愉悅，瞇著眼睛看著樹頂燦爛的太陽。

他們不說話了，外面鄉村裡的聲音開始分明。耕牛犁地的聲音，頑童追逐的聲音……阿珩想起了九黎，馬上就是九黎山中桃花盛開的日子了，米朵和金丹是不是已經兒女成群？是不是仍會在一個夕陽灑滿江面的傍晚，高唱著山歌，傾訴著對彼此的情意？

少昊問：「在想什麼？」

阿珩輕聲說：「如果永遠不要有戰爭，可以永遠這麼安寧就好了。」

少昊柔聲說：「會的，一定會的。」

阿珩裝作若無其事地問：「神農國最近怎麼樣了？」其實她是想知道蚩尤最近怎麼樣。自從嫁到高辛，身邊不是被俊帝的探子包圍，就是被黃帝派來的侍女包圍，阿珩幾乎與世隔絕，得不到任何外界的消息。

「很有意思。」

「嗯？」

「蚩尤利用祝融去攻打潼耳關的時機，建立了一支軍隊，剛開始只有幾十人，還都是九黎族的男兒，蚩尤貼榜在整個神農徵召勇士，不論出身貴賤，門第高低，短短幾月後就變成了五百人，祝融在潼耳關坐不住了，可榆罔命他守關，明裡是在嘉獎他，維護他的戰功，實際是阻止他回去阻礙蚩尤的事，祝融現在有苦說不出。」

阿珩不禁笑道：「等於是把祝融變相發配邊疆了，這麼陰的招數可不像是榆罔的主意，肯定是蚩尤的意思。」

少昊卻面色凝重，心事重重，大半晌後，低聲說：「剛才在大殿上我被父王訓斥了。」

「為什麼？」

「說起來十分複雜，一言難盡。」

「你可以慢慢說，我有很多時間。」

「神農和高辛作為上古神族，幾萬年下來，門第森嚴，為了維護本族的利益，甚至禁止不同門第的人通婚。前代炎帝想娶出身低微的炎后都十分困難，後來假託炎后是赤水氏的旁支才勉強完婚，因為炎帝吃過這個苦，所以他在位期間，一直在努力打破門第限制，可幾萬年的積習，若真想改革必定是一條血腥之路，炎帝本性仁厚，沒有那麼大的狠心，所以他再努力，也只是改了一點表象，無法撼動根本。但蚩尤和他截然不同，蚩尤為了達成目的，會不惜血流遍野，神農在他手裡一定會改頭換面。軒轅就不用提了，本就和我們截然不同。」

「是的，軒轅和你們截然不同。」阿珩的語氣中透著驕傲，「我發現高辛的仕女們品評一個男子時，不是談論他的品德才華，而是先談他的門第和血統，似乎只有出生在一個好的門第，擁有高貴的血統，才值得嫁，這些看似是閨閣閒話，卻反映了很多問題。我們軒轅雖然也不可避免受到你們這些大神族的影響，可我的父王說過，神、人、妖只是上天給的種族不同，沒有什麼荒唐的高貴和低賤的區別，都平等。不管他是人是妖，他的尊卑貴賤只由他自己的所作所為決定。在軒轅，不管你是神族、人族，還是妖族，不管你生在大家族，還是出生寒微，只要你有才華，就會受到大家的尊敬。」

少昊說：「到現在為止，高辛依舊意識不到自己的弊端，還沉浸在上古神族的自滿中，就連父王都沒有察覺到神農正在發生的巨大變化，他們都只把蚩尤和祝融的爭鬥看成了簡單的權力之爭。我今日在朝堂上說，蚩尤和祝融的爭鬥其實是兩個階層的鬥爭，試探性地提了一下改革，父王就很不高興，說禮儀尊卑是立國之本，我卻妄談改變。」

這些事情，阿珩也幫不上忙，只能寬解道：「慢慢來吧，有些事情不能操之過急。」

少昊嘆了口氣：「希望能讓父王慢慢明白吧！如果高辛再這樣墨守陳規下去，遲早要亡國。有時候我真有點羨慕蚩尤，無所顧忌，可以想做什麼就做什麼。」

阿珩凝望著遠處，默不作聲。

少昊篩選完蠶種，對阿珩行禮，「王子妃娘娘，我的活已經幹完，我們可以回家了嗎？」

阿珩笑道：「好。」

阿珩和少昊同乘玄鳥回去，阿珩想到四哥的婚事將近，盤算著應該給未來的嫂子準備個見面禮。

少昊看她一直不說話，問道：「在想什麼？」

「我在想該給嫂嫂送個什麼禮。」

「妳可打聽了她的喜好？」

「不知道，四哥那性子呀！問十句，他回答半句，我在他耳邊嘮叨了一天，只打聽出嫂子是當地大姓濁山氏。」

「神農的九黎、軒轅的若水，都是民風質樸剽悍的地方，只敬驍勇的英雄，妳這個嫂子可不僅僅是出自大姓濁山氏，她是若水未來的女族長。」

「啊？我四哥要娶若水的女族長？」阿珩眼睛瞪得老大，「我一直以為四哥會娶一個溫婉柔麗的女子，沒想到他竟然喜歡上了個女中豪傑！」

「妳想送什麼禮給女英雄？」少昊笑。

阿珩想了一瞬，眼睛一亮，歪著腦袋看少昊，笑得賊兮兮，「自古英雄愛名器！最好的禮就要麻煩名聞天下的打鐵匠少昊了，只是不知道他肯不肯幫忙，聽說他從不打造兵器。」

「他倒也不是不肯，不過……」

阿珩緊張地問：「不過什麼？」

少昊仰頭看天，裝模作樣地想了一會，「好像也沒有什麼不過，當年白拿了妳的雌酒方，這個就算是回禮吧！只是時間有點緊，一年時間只能打造一把貼身的匕首。」

阿珩鬆了口氣，激動地直搖少昊胳膊，「謝謝，謝謝，謝謝……」比自己收了少昊的好處還高興。

少昊笑，「你們兄妹可真像，都是恨不得把天下最好的東西搜羅給對方。」

阿珩倒不否認，笑咪咪地點頭，「四哥是世上最好的哥哥。」

「青陽呢?」

阿珩笑容一黯，低聲道：「大哥和父王很像，都是以大局為重。」

少昊想說什麼，卻又只是苦笑了下，什麼都沒說。

夜晚，阿珩坐在榻上，膝上放著一件疊得整整齊齊的紅色衣袍。她的手從衣袍上輕輕撫過，當日神農山上，蚩尤讓她許諾年年四月初八，相會於桃花樹下，她告訴蚩尤，只要你每年都穿著我的袍子，我就年年來見你。言下之意，已是暗許一生，蚩尤聽明白了她的話外之意，所以狂喜不已。

和少昊成婚以來，她身邊一直有侍女監視，而蚩尤那邊，估計也是危機重重，她根本不敢給蚩尤任何消息，否則萬一被發現，不僅會牽累母親和四哥，還有可能把蚩尤陷於絕境。

如今大概因為和少昊成婚日久，傳回去的消息都很讓黃帝滿意，黃帝對她漸漸放心，侍女們也習慣了她走來走去的忙碌，沒有以前那麼警惕。

明日要去人族的村寨看蠶，應該能找到機會讓阿獙把衣袍偷偷帶出高辛，送到蚩尤手裡，蚩尤看到衣袍就該明白她想說的話。即使一再小心後，仍不幸被不懷好意者撞破，他們看到的也只是一件衣袍。

過了兩日，阿珩向俊帝上書要去高辛的最北邊傳授養蠶，因為路途遙遠，不能當日趕回五神山。這段日子來，軒轅妭在民間的所行所為，俊帝一直看在眼裡，百姓對他的讚譽也自然全部聽到，比起深沉精明的少昊來，他更喜歡這個會養花弄草、會談品書畫的兒媳，所以很爽快地准了軒轅妭所求。

身邊的高辛族侍衛和侍女已經跟著軒轅妭出出進進了無數個村落，從沒有出過任何紕漏，只看到王子妃真心為高辛百姓忙碌，警戒心自然而然也就降低了。

傍晚，阿珩做了一個傀儡代替自己，早早安歇了。她自己卻和阿獙偷偷趕去了九黎，這邊的村落距離神農國很近，月亮才上樹梢頭，他們就到了九黎。

山坡上的桃花開得繽紛絢爛，山谷中的篝火明亮耀眼。少年少女們簇擁在桃樹下、篝火旁，唱著動人的情歌。

阿珩站在桃花樹下，靜靜等候。

等到月過中天，蚩尤依舊沒有來。

阿珩抱著阿獙，低聲問：「阿獙，你真的把衣袍帶給他了嗎？」

「啊嗚……」阿獙用力點點頭，也著急地張望著。

阿珩摸摸他的頭，安慰阿獙，「別著急，他會來的。」可實際上她心裡七上八下，比誰都著急。

阿珩靠著阿獙，一邊靜聽著山歌，一邊等著蚩尤。

篝火漸漸熄滅了，山歌漸漸消逝了，山谷中千樹桃花灼灼盛開，寂寂絢爛。

蚩尤一直沒來。

阿珩抱著阿獙，心中無限難過。高辛宮廷規矩森嚴，為了籌畫這次見面，她大半年前就開始準備，藉口向民婦傳授養蠶，讓俊帝同意她外出，又小心翼翼、恪守本分，換取了俊帝的相信，大半年的辛苦才換得一夜的自由，可蚩尤竟然再次失約。

她本來準備了滿腹的話想告訴他，她的無奈，還有她的生氣，生氣於他去年的失約，生氣於他竟然這麼不相信她，可是所有的甜蜜打算全部落空，滿腹的話無處可傾吐。

又是悲傷，又是憤怒，淚水不禁潸然而落。

烈陽突然興奮地尖叫，阿獙也一邊興奮地叫，一邊歡喜地跳來跳去。阿珩仰頭望去，雲霄中一抹紅色的影子正在迅疾飄來。她破涕為笑，緊張又歡喜地擦去眼淚，整理著自己的鬟髻、衣衫，擔心地問阿獙：「這樣可以嗎？亂不亂？」

大鵬鳥猶如流星，劃破天空，直直下降，阿珩緊張地靜靜站著，阿獙興奮地撲過去，想和以往一樣撲到蚩尤身上，突然牠停住了腳步，困惑地看著大鵬鳥。

大鵬鳥背上空無一人，繞著桃花樹盤旋了一圈，把叼著的紅色衣袍丟下，竟然一振翅，又沒入雲霄，迅速遠去。

「嗚嗚……」阿獙低聲哀鳴，困惑地繞著袍子轉來轉去。

阿珩臉色發白，她許諾只要他年年穿著紅袍，她就年年來見他，她特意把紅袍送回給他，他卻讓大鵬把紅袍扔到桃花樹下，表明他不會再穿。

阿珩搖搖晃晃地走過去，撿起衣袍，失魂落魄地抱著紅袍，怔怔發呆。

桃花簌簌而落，漸漸地，阿珩的肩上、頭上都是落花。

烈陽嘎嘎尖叫，阿珩回過神來，看到牠和阿獙擔憂的樣子，阿珩悲怒交加，用力把紅袍扔到地上，你不稀罕，我也不稀罕！

可是付出了的感情卻不是想扔就能扔，她即使恨他怨他，他依舊在她心裡。

她仰頭看著一樹繁花，你們年年歲歲花依舊，可會嘲笑我們這些善變的心？說著什麼山盟海誓，轉眼就拋到腦後。

阿珩一掌怒拍到樹上，滿樹繁花猶如急雨一般嘩嘩而落，她的指頭摸過樹幹，依舊能摸到去年寫下的無數個「蚩尤」。他若看到這些，豈能不明白她的心意，可他壓根連來都不屑來！

阿珩拔下玉簪，在幾百個蚩尤旁怒問，「既不守諾，何必許諾？」字未完，簪已斷。阿珩坐到阿獙背上，什麼話都不想說，只是拍了拍阿獙。

阿獙十分善解人意，沉默地趕回高辛。

此時，蚩尤站在一座距離九黎不遠的陡峭懸崖上，身體與懸崖連成一線，似乎風一吹就會掉下去。他身上只穿著中衣，沒有披外袍，顯然是脫下不久。

在他腳下，是一個山澗，怪石嶙峋，草木蔥蘢，有一條溪水潺潺流淌，隨著兩側山勢的忽窄忽寬，溪水一處流得湍急，一處流得緩慢，最後匯聚成一方清潭。此時正是桃花盛開的季節，山澗兩邊的崖壁上全是灼灼盛開的桃花，溶溶月色下，似胭霞、似彩錦，美得如夢如幻，風過處，桃花簌簌而落，紛紛揚揚、飄飄蕩蕩，猶如雪落山谷。

蚩尤默默凝視著腳下的景致，良久都一動不動。

忽而，他如夢初醒，回頭望向九黎，她來了嗎？她真的在等他嗎？她既然與少昊那麼恩愛，又何苦再來赴什麼桃花之約？

蚩尤掙扎猶豫了一會，揚聲叫：「逍遙。」

大鵬落下，他飛躍到鵬鳥背上，急速飛往九黎。

跳花坡上月影寂寂，清風冷冷，桃花樹下空無一人，只有一件扔在地上的血紅衣袍，已被落花覆了厚厚一層，顯然在地上時間已久，看來袍子自被逍遙扔下，就沒有被動過。

蚩尤撿起衣袍，對著滿樹繁花冷笑，幾次抬手想扔，卻終是沒扔。

一瞬後，仰天長嘯，躍上大鵬，決然而去。

第二年的四月，當鮮花開遍山野時，阿珩和少昊前往軒轅，參加昌意的婚禮。

在她還沒成婚之前，阿珩對軒轅族的感覺很淡，在她成婚之後，不管走到哪裡，大家看到她時，首先看到的是軒轅族，有神族因為她的姓氏而蔑視她，也有妖族因為她的姓氏而尊敬她，她這才真正開始理解她的姓氏所代表的意義。

她回家過無數次，可從沒有一次，像現在這樣，因為回家而激動喜悅。

等看到阿獙進入軒轅的國界，她立即大叫起來，「回家了！」

因為她的喜悅，阿獙和烈陽都分外高興，阿獙邊飛邊鳴唱，牠的叫聲愉人心脾，連少昊的坐騎玄鳥都發出歡快的鳴叫。

少昊落後了幾丈，默默地看著歡呼雀躍的阿珩。她自從嫁到高辛國，總是小心翼翼，一舉一動、一言一行都恪守高辛的禮儀，從沒有像現在這樣手舞足蹈地放肆。

阿獙越飛越快，一路衝到軒轅山，比他們預定的時間早到了半日。

阿珩本想給大家一個驚喜，沒想到青陽似乎早感知他們的到來，已經在殿前相候。倒是殿前掃地的侍女大吃一驚，立即往殿內奔跑，「王姬回來了！王姬回來了！」

少昊下了玄鳥，打趣青陽：「幾十年不見，青陽小弟風采依舊。」

青陽淡淡一笑，「這裡是軒轅山，你是上門的女婿，應該換個稱呼，稱我一聲大哥。」

少昊瞟了眼阿珩，笑道：「等你什麼時候打贏我再說吧！」

青陽道：「擇日不如撞日。」指著桑林內，做了邀請的姿勢。

「好！」少昊沒有拒絕，跟著青陽走進桑林。

朱萸急得邊追邊嚷，「兩位公子，都打了上千年，也不用每次一見面就要分勝負吧！」

少昊回頭看了朱萸一眼，「你老說這塊木頭沒心沒肺，我看她倒不錯。」

青陽含著一絲笑意，「太笨了，調教了幾百年，還是笨得讓我驚嘆。」

朱萸敢怒不敢言，握著拳頭，小小聲地說：「我能聽到，我能聽到……」

青陽和少昊兩個說著話，已經布好了禁制。青陽手掌變得雪白，身周結出一朵又一朵的冰牡丹，桑林內的氣溫急速降低。少昊微笑而立，衣袍無風自動，身周有水從地上湧出，濺起一朵朵水花，如一株株盛開的蘭花。

朱萸無奈，向阿珩求助，「王姬，妳快說句話。」

阿珩已經看到母親和四哥，對朱萸吐吐舌頭，表示愛莫能助，朝母親跑去，一頭扎進母親懷裡，「娘！」

嫘祖笑抱住她，阿珩靠在母親懷裡，上下打量昌意，「四哥的樣子很像新郎官，恭喜四哥。」

昌意臉飛紅，阿珩笑著剛想說話，嫘祖拍了一下她的背道：「今日是昌意的好日子，別欺負妳哥哥。」

「娘偏心，四哥已經有了嫂嫂疼，娘也開始偏心！」阿珩撒嬌。

昌意瞪她，「難道少昊就不疼妳了？我們可都聽聞了不少你們的事情。」

阿珩臉俯在母親肩頭，臉上沒有絲毫笑意，聲音卻是帶笑的，「娘，娘，四哥欺負我，妳快幫幫我！」

突然間，鵝毛般的大雪無聲無息地飄落，昌意驚訝地抬頭。

阿珩指指桑林內，「大哥和少昊在打架，希望他們不要傷得太重。」

嫘祖笑接了幾片雪花，對身後的侍女吩咐：「這雪倒下得正好，過一會去採摘些冰椹子。」

朱萸小聲嘀咕，「真不知道是為了想贏少昊，還是為了找個理由光明正大地下場雪。」

少昊和青陽從桑林內走了出來，少昊臉色發白，青陽嘴角帶著一點血痕，顯然兩個傷得都不輕。朱萸著急地從懷裡拿出丹藥遞給青陽，青陽擺了下手，冷冷地說：「妳的續命丹藥對我沒什麼用，自己留著吧！」

昌意道：「看樣子還是少昊哥哥……少昊妹夫勝了！」昌意難得促狹一回，占了少昊的便宜，話沒說完就大笑起來。

少昊笑了笑，沒有承認也沒有否認，快走幾步，在嫘祖面前跪下，行跪拜大禮，改稱母后。

嫘祖受了他三拜後，示意昌意扶他起來。

昌意對少昊說：「我小時候第一次叫你少昊哥哥時，就盼著你真是我的哥哥，沒想到如今我們真是一家子了！」

少昊微笑如常，眼神卻有些恍惚。

嫘祖一手牽著阿珩，一手牽著昌意，向殿內走去，青陽和少昊並肩而行，跟在他們身後。

阿珩和昌意還是老樣子，邊走邊說，邊說邊笑，呱噪得不行。昌意鬥嘴鬥不過阿珩時，還要回頭叫少昊，讓少昊評理。

少昊只是笑，從不搭腔，微笑卻慢慢地從嘴角散入了眼睛。高辛宮廷禮儀森嚴，他沒有母親，也沒有同胞兄弟，在他的記憶中，他自小就要處處留意言行、時時提防陷害，他從來沒有做過母親的兒子，也從來沒有做過弟妹們的兄長，他以為王族就該是他們那個樣子，這是他第一次體會到，原來兄弟姊妹可以談笑無忌、和樂融融。

正午時分，侍者來報送親隊伍已經接近軒轅山，昌意立即緊張得手腳都不知道往哪裡放，一邊戴帽子穿衣袍，一邊不停地問少昊，「你當日迎娶阿珩時說了什麼？」不等少昊回答，他又說：「你們當時一切順利，如果有什麼意外，我該怎麼辦？」

阿珩和少昊對視一眼，少昊微笑著沒有說話，阿珩笑道：「四哥，放心吧，你不會處理，嫂子也會處理！」

昌意瞪了阿珩一眼，朝天喃喃祝禱，「一切順利，一切順利！」可又遲遲不動，看著青陽，「大哥，你會陪我一起下去的吧？」表情可憐兮兮，就好似小時候，一有了什麼麻煩事情，就去找大哥幫忙。

青陽實在受不了，直接把昌意推上了雲輦，沒好氣地說：「你是去娶親，不是去打架！我去幹什麼？快點去迎接新娘子。」

昌意猶抓著青陽的袖子，緊張地說：「大哥，你等等，我還想問你……」

「問什麼問？我又沒娶過親！」青陽用力拽出袖子，一掌掃到駕車的鸞鳥背上，鸞鳥尖叫著往山下衝。

雲輦上下顛簸，消失在雲海間，昌意的叫聲還不斷傳來，「大哥，大哥……」

青陽不耐煩地皺眉。

阿珩笑得前仰後合，對少昊說：「在四哥眼中，大哥無所不能，無所不會，不管什麼事都要找大哥。」

少昊微笑不語。他名義上有二十多個弟弟，可從沒有一個弟弟把他看作大哥，他只是一塊擋在他們通往王位路上的絆腳石。青陽看似不耐煩，可其實，他心裡很高興。他們兩個都明白，在他們的位置上，他們不敢相信別人，更沒有人敢相信他們，能被一個人全心全意的信賴都可遇不可求。

等昌意的迎親車隊飛遠了，青陽、少昊和阿珩才登上車輦，慢慢下山。

阿珩注意到道路兩側全是樹幹赤紅、葉子青碧的高大喬木，「這是什麼樹？」

朱萸得意地笑道：「大荒除了湯谷扶桑外，還有三大神木——若木、尋木、建木，這就是大名鼎鼎的若木。若木離開若水從不開花，我卻能讓它們今日開花。」

隨著他們的車輦過處，從山頂到山腳，道路兩側的若木都結出了最盛大的花朵，每個花朵大如碗口，顏色赤紅，映照得整個天地都紅光瀲灩。

阿珩被滿眼的紅色照得失了神，在一片耀眼的赤紅花海下，看到了一個更奪目的紅色身影。

蚩尤身形偉岸，一身紅衣如血，令高大的若木都黯然失色。他凝視著阿珩，神情冷漠疏遠，眼神卻赤熱滾燙，絲絲縷縷都是痛苦的渴望。阿珩呆呆地看著他，心內有一波又一波的牽痛。

車輦停下，青陽和少昊走到蚩尤面前，向蚩尤道謝，感謝他們遠道而來參加婚禮。阿珩驚覺原來這不是幻象，蚩尤是真正地就站在若木樹下。

阿珩沒有想到會在這裡碰到蚩尤，心神慌亂，視線壓根不敢往蚩尤的方向看，也壓根不敢走過去，只能裝作被若木花吸引，仔細看著若木花。

青陽叫阿珩過去，阿珩知道躲不過，定了定神，才微笑著走到他們面前。

雲桑在大家面前，不想顯出與阿珩的親厚，格外清淡地與阿珩寒喧了幾句，完全是王族見王族的禮節。阿珩知道雲桑心思重，如今也漸漸明白了王族和王族之間很複雜，就如大哥和少昊，在眾人面前也是格外疏遠，所以也是繃著一個客氣虛偽的笑。

反倒陌生的后土看到阿珩，一改平時接人待物的含蓄溫和，態度異樣親切，帶著沐槿過來向阿珩行禮，口稱「王子妃」；蚩尤卻是作了個揖，淡淡問道：「王姬近來可好？」

沐槿還以為蚩尤是不懂禮節的口誤，小聲提醒，「女子婚後，就要依照夫家稱呼，應該叫王子妃。」

青陽和少昊都好似沒聽見，阿珩心裡一震，有憂慮，可更有濃濃的喜悅，連對蚩尤的恨怨都消了一半，對蚩尤回道：「一切安好。」

蚩尤笑問：「不知道王姬和少昊恩愛歡好時，有沒有偶爾想起過舊日情郎呢？」

大家皆悚然變色，正在這時，若水的送親隊伍到了，喜樂驀然大聲響奏，才把蚩尤這句話蓋了過去。

兩個侍女掀開車簾，一個朱紅衣服的女子端坐在車內，女子面容清秀，眉目磊落，喜服收腰窄袖，猶如騎射時的裝扮，襯得人英姿颯爽。

喜娘把昌意手裡握著的紅綢的末端放到新娘子手裡，示意新娘子跟著昌意走。只要下了送親車，隨著昌意登上鸞車，就表示她成為了軒轅家的媳婦。

不想新娘子雖握住了紅綢，卻沒有下車，反倒站在車椽上，高高在上地俯瞰著眾人。大家被她氣勢所懾，都停止了交談和說笑。

昌意因為緊張，還沒有察覺，只是緊緊地捏著紅綢，埋頭走著，手中的紅綢突然繃緊，他差點摔了一跤。

昌意緊張地回頭，才發現新娘子高高站在車上，一身紅裙，豔光逼人。

濁山昌僕抬抬手，她身後的送親隊立即停止了奏樂，一群虎豹一般的小夥子昂首挺胸、神情肅穆地站得筆直。

軒轅的迎親隊看到對方的樣子，也慢慢地停止了奏樂，原本的歡天喜地消失，變成了一片奇異的寧靜肅穆。

濁山昌僕朗聲說：「我是若水族的濁山昌僕，今日要嫁的是軒轅族的軒轅昌意，謝謝各位遠道來參加我們的婚禮，就請各位為我們做個見證。」

四方來賓全都看著濁山昌僕，猜不透她想幹什麼。

昌僕看住昌意，「我們若水兒女一生一世只擇偶一次，我是真心願意一生一世跟隨你，與你白頭偕老，你可願意一生一世只有我一個妻？」

這是要昌意當著天下的面發誓再不納妃，青陽立即變色，想走上前說話，阿珩抓住他的胳膊，眼中有懇求，「大哥！」

青陽狠心甩脫了阿珩的手，走到昌僕面前剛要發話，回過神的昌意迅速開口，「我願意！」沒有絲毫猶豫，他似乎還怕眾人沒有聽清，更大聲地說：「我願意！」

四周發出低低的驚呼聲，青陽氣得臉色發青，瞪著昌意，眼神卻很是複雜。

昌僕又問道：「我將來會是若水的族長，我的族人會為了我死戰到只剩最後一個人，我也會為了保護他們死戰到只剩下最後一滴血，你若娶了我，就要和我一起守護若水的若木年年都開花，你願意嗎？」

昌意微笑著，非常平靜地說：「我只知道從今而後我是妳的夫君，我會用生命保護妳。」

昌僕粲然而笑，因為幸福，所以美麗，容色比漫天璀璨的若木花更動人。她握緊了紅綢，跳下車輿，飛躍到昌意面前，笑對她的族人宣布，「從今而後，昌僕與昌意禍福與共，生死相依。」

她身後的若水兒女發出震天動地的歡呼聲。軒轅族這邊卻尷尬地沉默著，大家都看青陽，不知道該如何反應。

阿珩笑著歡呼，朱萸偷偷瞟了眼臉色鐵青的青陽，用力鼓掌，一邊鼓掌一邊隨著阿珩歡呼，軒轅族看到王姬如此，才沒有顧忌地歡笑道賀起來。

若水的男兒吹起蘆笙，女兒搖著若木花鈴，一邊歌唱，一邊跳舞，又抬出大缸大缸的美酒，給所有賓客都倒了一大碗。大家被若水兒女赤誠的歡樂感染，原定的禮儀全亂了，只知道隨著他們一起慶祝。

昌意牽著昌僕走到青陽和阿珩面前，介紹道：「這是我大哥，這是我小妹，這位是小妹夫少昊。」昌僕剛才當著整個大荒來賓的面，英姿颯爽、言談爽利，此時卻面色含羞，緊張地給青陽見禮，似乎生怕青陽嫌棄她。

阿珩是真心對這個嫂子喜歡得不得了，迫不及待地拿出準備的禮物，雙手捧給昌僕，「嫂子，這是我和少昊為妳打造的一把匕首。」阿珩繪製的圖樣，少昊用寒山之鐵、湯谷之水、太陽之火，整整花費了一年時間打造出這把貼身匕首。

「高辛少昊的兵器？」簡直是所有武者夢寐以求的禮物，昌僕眼中滿是驚訝歡喜，取過細看。把柄和劍鞘用扶桑木做成，雕刻著若木花的紋飾，她緩緩抽出匕首，劍身若一泓秋水，光可鑑人。昌僕愛不釋手，忙對阿珩和少昊道謝。

昌僕把手腕上戴著的若木鐲子褪下，戴到阿珩手腕上，「這是很普通的木頭鐲子，不過有我們若水兒女的承諾在上面，不管妳什麼時候有危難，我們若水兒女都會帶著弓箭擋在妳身前。」

阿珩姍姍行禮，「謝謝嫂子。」

昌意凝視著妻子，眼中有無盡的歡喜和幸福。昌僕臉紅了，低著頭，誰都不敢看。

青陽看到這裡，無聲地嘆了口氣，對昌意無奈地說：「既然禮儀全亂了，你們就直接上山吧，父王和母后還在朝雲殿等著你們磕頭。」

朱萸忙去叫了玉簟過來。

阿珩把他們送到車邊，直到他們的車輿消失在雲霄裡，她仍看著他們消失的方向發呆。耳旁突然響起蚩尤的聲音，「妳可真懂得他們那般的感情？既然說新歡是珍珠，為什麼又惦記著魚目的舊愛，讓阿獙把衣袍送來？」

阿珩心驚肉跳，先側身移開幾步，才能平靜地回頭，「聽不懂大將軍在說什麼，我和少昊情投意合，美滿幸福。」

蚩尤眼中又是恨又是無奈，「真不知道我看上妳什麼？妳水性楊花、膽小懦弱、自私狠心，可我竟然還是忘不掉妳。」

青陽和少昊都看著他們，阿珩臉色一沉，「也許以前我有什麼舉動讓大將軍誤會了，現在我已經是高辛的王子妃，還請大將軍自重。」厲聲說完，她向少昊走去，站到了少昊身邊，青陽這才把視線移開。

蚩尤縱聲大笑，一邊笑，一邊端起酒碗，咕咚咕咚灌下。

阿珩心內一片蒼涼，只知道保持著一個微笑的表情，茫然地凝視著前方。

若水少女提著酒罈過來敬酒，少昊取了一碗酒遞給阿珩，「嘗嘗若水的若酒，味道很特別。」

阿珩微笑著喝下，滿嘴的苦澀，「嗯，不錯。」

后土端著兩碗酒過來，阿珩以為他是要給少昊敬酒說事，特意迴避開。不想后土追過來，把一碗酒遞給她，笑而不語，一直凝視著她，阿珩心中尷尬，只能笑說：「多謝將軍。」一仰頭，把酒飲盡。

后土眼中難掩失望，「妳不認識我了嗎？」

阿珩愣住，后土這些年和蚩尤齊名，是神農族最拔尖的後起之秀，她當然早就聽說過他，可唯一一次見他就是阿珩和蚩尤上神農山找炎帝拿解藥，后土恰好奉命把守神農山，當時阿珩用駐顏花變化了容貌，所以認真說來，阿珩見過后土，后土卻沒見過阿珩。可后土眼中濃烈的失望讓阿珩竟生了幾絲感動，正想問他何出此言，有赤鳥飛落在后土肩頭，將一枚小小的玉簡吐在后土掌中，后土容色一肅，看著阿珩欲言又止，終只是行了個禮，匆匆離去。

阿珩愁思滿腹，也懶得多想，尋了個安靜的角落，把若酒像水一般灌下去。

雲桑靜靜走來，卻看朱萸守在阿珩身旁，含笑說了兩句客套話，轉身要離去，阿珩拉住她，「沒事，朱萸是我大哥的侍女，絕對信得過。」又對朱萸半央求、半命令地說：「好姐姐，妳幫我們看著點，我想和雲桑單獨說會話。」

青陽離開前，只是叮囑朱萸盯著阿珩，不許阿珩和蚩尤單獨相處，卻沒吩咐不許和雲桑相處，所以朱萸應了聲「好」，走到一邊守著。

雲桑坐到阿珩身邊，細細看著阿珩，「聽說妳和少昊十分恩愛美滿。」

阿珩苦笑，仰頭把一碗酒咕咚咕咚喝下。

雲桑心中了然，輕輕嘆了口氣，「真羨慕昌僕啊！縱情任性地想愛就愛，不喜歡與其他女子分享丈夫，就當眾讓妳哥哥立下誓言。妳哥哥也是好樣的，明知道妳父王會生氣，仍舊毫不猶豫地發誓。」

阿珩斜睨著她，「何必羨慕別人？炎帝榆罔是妳的親弟弟，可不會逼迫妳做任何事情，妳若願意下嫁，諾奈也會毫不猶豫立誓，一生一世與妳一個共白頭。」

「妳這死丫頭，說話越來越沒遮攔！」雲桑臉頰飛起紅暈，嬌羞中透著無言的甜蜜。

阿珩笑看著雲桑，看來上次諾奈的神農山之行沒有白跑，他們倆已經冰釋前嫌，「妳和諾奈什麼時候？」

「什麼什麼時候？」雲桑故作聽不懂。

「什麼時候成婚啊！妳是神農長王姬，下嫁給諾奈有點委屈，可這種事情如魚飲水冷暖自知，壓根不必管人家說什麼，只要諾奈自己堅持，少昊肯定也會幫他。」

雲桑點點頭，「諾奈倒沒那些小家子氣的心思，他壓根沒拿我當王姬看，只等我同意，他就正式上紫金頂求婚。」

「那為什麼……」

「榆罔是個好弟弟，事事為我考慮，正因為他是個好弟弟，我又豈能不為他打算？妳也知道榆罔的性子，這個炎帝當得十分艱難，祝融他們都盯著榆罔，蚩尤如今羽翼未成，就我還能彈壓住祝融幾分，我若現在成婚，又是嫁給一個外族的將軍，對榆罔很不利，所以我和諾奈說，等我兩百年。兩百年後，蚩尤必定能真正掌控神農軍隊，有他輔佐榆罔，那麼我就可以放心出嫁了。」雲桑笑著長舒口氣，「我也就可以真正扔下長王姬的身分，從此做一個見識淺薄，心胸狹隘，沉迷於閒情瑣事，只為夫婿做羹湯的小女子。」

阿珩喜悅地說：「恭喜姐姐！妳為父親，為妹妹，為弟弟籌畫了這麼多年，也應該為自己籌畫一次了。」

雲桑含笑問：「妳呢？妳從小就不羈倔強，我不相信妳會心甘情願地聽憑妳父王安排。」

「我也有自己的打算。」阿珩倒滿兩碗酒，遞給雲桑一碗，「看到四哥今天有多快樂了嗎？小時候，不管什麼四哥都一直讓著我、護著我，如今我應該讓著他、護著他，讓他太太平平地和真心喜歡的女子在一起。只要四哥、母親過得安穩，不管我再委屈也是一種幸福。」

雲桑搖頭感嘆，「阿珩，妳可真是長大了！」可其實，雲桑心裡真希望阿珩能永遠和以前一樣。

「乾！」阿珩與她碰碗，雲桑本不喜喝酒，可今日的酒無論如何也要陪著阿珩喝。

她們兩個左一碗、右一碗，沒多久雲桑就喝得昏迷不醒，阿珩依舊自斟自飲，直到也喝得失去了意識。

第十五章 道是無情卻有情

父王先用四哥引她主動請纓，彤魚氏又出現得這麼巧，讓她不禁心想，這是不是也是父王的一個警告？警告她如果取不到河圖洛書，就會讓母親陷入危機？

阿珩只覺得寒意從心裡一點點湧出，冷得整個身子都在打顫……

軒轅山下仍舊喜氣洋洋，軒轅山上卻情勢突然緊張。少昊、青陽、蚩尤、后土先後收到了同樣的消息。

河圖洛書在虞淵出世。

傳說中，河圖洛書是盤古大帝繪製的地圖，不僅記載了整個大荒的山川河流，還記載著每個地方的氣候變化，如果擁有這張地圖，不僅可以了解各地的地理，還可以利用氣候變化布陣，是兵家必爭之寶。

盤古大帝逝世後，河圖洛書也消失不見，傳聞盤古大帝把河圖洛書藏在一顆玉卵中，交給一隻金雞看守，金雞化作了一座山峰。幾萬年來，無數神族踏遍大荒山峰，尋訪著河圖洛書，卻一無所獲，可今日，有神族的探子看到了傳說中的金雞在虞淵附近出沒。

不要說少昊、青陽、后土悚然動容，就是凡事帶著點不在乎的蚩尤都準備親自趕赴虞淵。

阿珩醒轉時，發現自己在三妃彤魚氏所居的指月殿，父王披著一件玄色外袍，靜坐在窗前，浮雲中的月亮半隱半現，像一個玉鉤一樣勾在窗櫺，就好似是月亮勾開了窗戶。

父王望著月亮怔怔出神，好似想起了極久遠的事情，依舊英俊的眉目中帶著一點點迷惘的溫柔。

阿珩從沒見過這樣的父王，不敢出大氣地偷偷看著。

黃帝對月笑起來，眉目中的溫柔卻消失了，「酒醒了就過來。」

阿珩忙走過去，跪坐到黃帝膝旁，「父王怎麼還沒睡？」

黃帝笑看著阿珩，「少昊對妳好嗎？」

阿珩低下頭，「很好！」

「我可一直在盼著抱外孫呢！」

阿珩支吾著說：「女兒知道，不過這事也急不來。」

「你們都是血脈純正的神族，少昊靈力高強，又和妳如此恩愛，按理說……」黃帝皺了皺眉，「難道別有隱情？趁著在家，在離開前，讓醫師查看一下身子。」

一股寒氣從腳底騰起，嚇得阿珩身子發軟，一瞬後阿珩才反應過來父王是在懷疑少昊暗中耍了花招，並沒有懷疑到她。

黃帝說：「哦，對了！剛才收到奏報，說河圖洛書在虞淵出現了。妳也知道妳母親的西陵一族雖未得天下，可地位和神農、高辛一樣，都曾是盤古大帝麾下的重臣。妳母親曾和我說過，家族中口耳相傳，河圖洛書不僅僅是一份地圖，還藏著一個堪比盤古劈開天地的大祕密，我想這才是神農和高辛如此勞師動眾的原因，我雖不怎麼信這種無稽之談，不過絕不能讓河圖洛書落到他們二族手中。」

「幾萬年間都不知道風傳了多少次，誰知道這次是真是假？」

「不管真假，我們都必須得到，如果讓神農族得到它，軒轅族的覆滅也就近在眼前了。青陽已經帶著手下趕去虞淵，可高辛的少昊、宴龍、中容、神農的蚩尤、祝融、共工、后土都紛紛趕往虞淵，我不放心青陽，想讓昌意去幫他一把。」

阿珩心內有一絲悲哀，如果真想讓四哥去，為什麼是把她留在指月殿，還用醒酒石令她醒轉？

「我去吧，今夜是四哥的新婚夜，是四哥的第一個新婚夜，也是最後一個。」

黃帝看著阿珩不說話，阿珩跪下道：「我靈力雖然比不上四哥，不過我和少昊是夫妻，何況這種事情只怕最後是鬥智而非鬥勇。」

黃帝點了點頭，答應了阿珩的請求，「記住，如果我們得不到，寧可毀掉它，也絕不能讓其他神族得到。」

阿珩磕了個頭，起身就要走。

「珩兒。」

阿珩回身，黃帝站起來，雙手按在她肩上，「軒轅一族的安危都在妳肩上。」

阿珩在父王的威嚴前，有些喘不過氣來，只能用力點點頭。

黃帝放開了她，她低著頭匆匆出來，一抬頭看到彤魚氏站在不遠處，兩隻眼睛像夜貓子一般，陰森森地瞪著她。

阿珩被嚇了一跳，轉而想到彤魚氏失去了兒子，倒能理解幾分，過去給她行禮，彤魚氏不說話，只是咬牙切齒地盯著她，阿珩遍體生寒，忙告辭離去。

幽幽聲音從身後傳來，「別得意，我一定會讓西陵嫘那個蛇蠍心腸的毒婦嘗遍所有的痛苦！」

阿珩怒意盈胸，霍然回頭。

彤魚氏指著她，笑嘻嘻地說：「妳大哥害死了揮兒，他早就想燒死揮兒了，他恨揮兒燒死了雲……」

夷彭衝過來，捂住母親的嘴，對阿珩陪笑道：「母親受刺激過度，常說些瘋言瘋語，妳別往心裡去。」

「九哥。」阿珩怒意褪了，親熱地笑著上前，夷彭卻拉著母親後退，眼中隱有戒備。

阿珩停住了步子，心中難受，她和夷彭只差幾歲，又是同一個師傅，小時朝夕相伴，親密無間，感情深厚，可長大後，不知道為什麼竟越來越疏遠。

「九哥，我走了。」她勉強地笑了笑，快步離去。

出了指月殿，阿珩命阿獙飛向虞淵。

彤魚氏的臉在她眼前飄來飄去，三哥真是大哥害死的嗎？為什麼？因為三哥威脅到了大哥繼承王位？

阿珩心頭忽然打了個激靈，父王常常宿在指月殿，難道沒有聽到彤魚氏的「瘋言瘋語」？她並不想惡意地去揣度父王，可是父王先用四哥引她主動請纓，彤魚氏又出現得這麼巧，讓她不禁心想，這是不是也是父王的一個警告？警告她如果取不到河圖洛書，就會讓母親陷入危機？

阿珩只覺得寒意從心裡一點點滲出，冷得她整個身子都在打寒戰，她彎下身，緊緊地抱住了阿獙。

阿獙有所覺，回過頭在她臉上溫柔地蹭著，似乎在安慰著她。

虞淵是日落之地，位於大荒盡頭、了無人煙的極西邊，是上古時代的五大聖地之一，可大荒人壓根不明白它為什麼會和日出之地湯谷、萬水之眼歸墟、玉靈凝聚的玉山、兩極合一的南北冥並稱為聖地。虞淵擁有吞噬一切的力量，沒有任何生物能在虞淵存活，與其說是聖地，不如說是魔域，所以它也就真慢慢地被大荒人叫做了魔域。

阿珩趕到虞淵時，正日掛中天，是一天中虞淵力量最弱的時候，虞淵上空的黑霧似乎淡了許多，可仍然沒有一個神或者妖敢飛進那些翻湧的黑霧中。

性子暴烈衝動的烈陽不聽阿珩叫喚，一頭衝進黑霧，當牠感覺到黑霧好似纏繞住了身體，把牠往下拽，而下方根本什麼都看不清楚，全是黑霧，越往下，越濃稠，濃稠得像黑色的油一樣，烈陽有了幾分畏懼，一個轉身飛了回來，落到阿珩肩頭。

隔著一條寸草不生的溝塹，阿珩向西眺望，一望無際的黑色大霧，像波濤一般翻滾，就好似一個沒有邊際的黑色大海，沒有人知道它有多大，也沒有人知道它有多深。

阿珩詢問朱萸：「事情如何了？真是河圖洛書嗎？」

「殿下用靈力試探過，這次應該是真的。」朱萸指指虞淵最外緣的崖壁。此時，山崖一半隱在黑霧中，一半暴露在陽光下，半黑半金，透著詭異的美麗。

「據說金雞鑽進了山洞裡，殿下已經進去一個多時辰了。」朱萸抬頭看了一眼已經開始西斜的太陽，不安地說：「虞淵隨著太陽的西斜，吞噬的力量會越來越強大，到後來連太陽都會被吸入虞淵，神力再強大也逃不走。」

阿珩把阿獙和烈陽託付給朱萸，「幫我照看他們，千萬別讓他們闖進虞淵，我去看一下大哥。」

朱萸說：「一切小心！記住，一定要趕在太陽到達虞淵前出來！」

阿珩把天蠶絲攀附到崖壁上，飛落入洞口。

漆黑一片，什麼都看不清，阿珩拿著一截迷穀[1]照亮，謹慎地走著。

走了一盞茶的工夫，她找到了青陽。青陽端坐在地上，臉色蒼白，袍角有血痕，已是受了重傷。

他看到阿珩，勃然大怒，「妳怎麼來了？」

「你能來，我為什麼不能來？」阿珩去查看他的傷勢，「是音傷，宴龍傷你的？」

阿珩把一粒丹藥遞給大哥，「這藥並不對症，不過能幫你調理一下內息。」

青陽問都沒有問就吞下，「準確地說，是宴龍和少昊一起傷我，昨日清晨和少昊比試時受了傷，今日讓宴龍撿了個便宜。」

「發現河圖洛書了嗎？」

「只要抓到金雞，把玉卵從牠肚內取出就行，抓金雞不難，難的是如何應付這一群都想要河圖洛書的神族高手。」

「他們在哪裡？」

「少昊被后土纏住了，他身上也有傷。雖然后土的土靈剋制他的水靈，若在平時，少昊根本不會怕，可虞淵恰好萬靈皆空，只有土靈，少昊的靈力難以施展，和后土打了個旗鼓相當。祝融和共工遇上了宴龍，也打得不可開交。中容和蚩尤都去追金雞了。我剛進山洞沒多久，就中了宴龍的偷襲，索性退避一旁，讓他們先打。」

青陽從預先布置的蠶絲上感知到了新動靜，臉色一凜，「蚩尤打傷中容，捉到了金雞……」

話聲未完，整個山洞都好似有一道柔和的青光閃過，不用青陽說，阿珩也知道，「蚩尤取得了河圖洛書。」

青陽立即站起來，「少昊突然消失在后土的土陣中，他肯定去追蚩尤了。」

阿珩拉住他，「大哥，我去。」

青陽看著她，阿珩說：「我們現在去追已經來不及，不如索性守著他們必回的路上，我在明，哥哥在暗。哥哥到洞口等我，以逸待勞，我去誘敵，到時候，我們一明一暗配合，總有機會拿到河圖洛書。」

青陽也是行事果斷的性子，點了點頭，隱入黑暗。

阿珩掌中蘊滿靈力，戒備地走著。

她開始真正領略到虞淵的恐怖，每走一步都在消耗靈力，而且隨著太陽接近虞淵，這種消耗會越來越大。

一個土刃突然從地上升起，她剛躲開，四周的牆壁上又冒出無數土劍，阿珩削斷了幾根，可四周全是土，一把劍斷了，立即又冒出新的劍，源源不絕。

身後的洞壁猶如化作了一把弓，射出一串密如急雨的土箭，阿珩閃得精疲力竭，前方又一把鋒利的土劍刺向她，阿珩已經避無可避，不禁失聲驚呼，眼睜睜地看著劍刺入自己胸口。

隱身在土中的后土聽到聲音，猛然收力，土劍在阿珩胸前堪堪停住，后土從土中現形，驚訝

1. 迷穀是《山海經‧南山經》中的植物，能發光照明，防止迷路。《山海經》：「（招搖之山）有木焉，其狀如穀而黑理，其華四照，其名曰迷穀，佩之不迷。」

地叫：「妭姐姐？妳怎麼在這裡。」

阿珩驚魂未定，實在難以想像眼前秀美謙和的后土剛才殺氣凜凜，差點要了她的命。阿珩彎身行禮，「謝謝將軍手下留情。」

后土忙把阿珩扶住，竟然又是失望，又是惶然地問：「要道謝也該是我謝姐姐，妳還沒記起我嗎？」

阿珩拿出迷穀，藉著迷穀的光亮，凝視著后土，細細思索。她只在幼時去過一次神農國，如果真見過后土，應該是那時候認識的，很多事情都忘記了，就記得把幾個王孫貴胄給打得頭破血流，大哥為了平息眾怒，罰她舉著一塊很沉的戒石站了一晚上。可是為什麼打架呢？哦，是因為他們欺負一個小男孩，那個小男孩雖是王族後裔，可母親是低賤的妖族，所以一直被別的孩子欺負。那個小男孩有一雙美麗溫柔、睫毛長長的褐色眼睛，十分愛哭，被孩子們欺辱時，不反抗，不出聲，只是縮在牆角，沉默地哭泣。她被罰站的晚上，他偷偷來看她，輕聲問她「重嗎」，她笑著搖頭，他卻哭得嗚嗚咽咽，好似自己被體罰，她剛開始還柔聲勸慰，可越勸越哭，他像個女孩子一樣淚如雨下，漸漸地她煩了，開始怒罵。小男孩被她罵得傻了眼，呆呆地瞪著她，連哭泣都忘記了。

阿珩看著后土的眼睛，「你、你……是那個愛哭的小男孩。」

聞名天下的英雄后土居然滿面羞紅，「是我，不過已經好幾百年沒哭過了。姐姐怒罵過我，男子漢流血不流淚，我一直牢記在心中！」

阿珩不好意思地笑起來，感慨地說：「你現在可是真正的男子漢了！」

后土依依不捨，可此處絕不是敘舊的地方，他說：「姐姐快點離開，妳是木靈體質，虞淵卻寸草不生，隨著太陽西斜，妳的靈氣會被剋制得越來越厲害，到最後連離開的力氣都沒有。」

阿珩笑著答應了，「我這就走，對了，你見過少昊嗎？」

后土尷尬地說：「我們剛剛交過手，少昊不愧是少昊，這裡只有土靈，他好像還受過傷，我都只能和他打個平手，不過……」

「不過什麼？」

后土有些抱歉地說：「不過他後來心中著急，強行突破我布的土劍陣時，受了點傷。姐姐若是來找他的，就請盡快，他如今傷上加傷，也不適合在這裡逗留。」

阿珩說：「謝謝。」

后土忙道：「姐姐，請不要對我這樣客氣。我說了，要說謝謝的是我。也許當年的事情在姐姐心中不值一提，可對那個孤苦無助、自卑懦弱的小男孩而言……」后土聲音暗啞，眸光沉沉，一瞬後才能平靜地說：「因為姐姐，那個小男孩才能成為今日的后土。」

阿珩知道他字字發自肺腑，豪爽地說：「好！以後我就當你是自家弟弟，不再客氣了。」

后土高興地笑了。

阿珩惦記著蚩尤和少昊，怕他們為河圖洛書打起來，急著要走，后土把一個黃土球給她，「這裡除了土靈，萬靈俱空，這是我煉製的一件小法寶，妳握在手中，只要有土的地方就可以隱匿，與土融為一體，危急時刻拋出去，三丈之內的土靈都會隨妳調遣，不過不能持久。」

阿珩剛想張口說謝，又吐吐舌頭，只笑著把土球接過。

后土再三叮囑阿珩盡早離開虞淵後離去，阿珩依舊向著裡面走去，隨著時間推移，她開始覺得身上的壓力越來越大，就好似她正在被一隻巨大的手拖著往下沉。

空氣裡飄來淡淡的血腥氣，阿珩以為是蚩尤和少昊在打鬥，匆匆往裡面奔，心都提到了嗓子眼，不知道究竟是誰受了傷。

順著血腥味，她找到打鬥的地方，沒發現蚩尤，只看到少昊和宴龍。阿珩手握后土給她的法寶，屏息靜氣地貼在洞壁後，悄悄查看。

少昊盤膝坐在地上，被一個藍色的大水泡包著。宴龍手中抱著琴，繞著少昊轉圈子，邊走邊彈，聽不到聲音，可他每撥一下琴弦，少昊身上的藍色水泡就會驟然縮一下，好似一個痛苦掙扎的心臟。

不知道少昊哪裡受傷了，只看到白袍上灑滿的點點血痕。

宴龍嘴邊的笑意漸濃，彈奏的氣勢越發揮灑自如，而包裹著少昊的水泡越變越小。

少昊說：「你太輕重不分！即使想殺我，也不應該乘著我和蚩尤交手時偷襲我！讓河圖洛書落到蚩尤手裡，你想過後果嗎？」

宴龍笑著說：「別擔心，我收拾了你，自然會去收拾他。河圖洛書固然難拿，不過殺你的機會更難，我等了兩千多年，才終於等到今天。祝融和共工那兩個白痴竟然以為憑他們就能攔住我，我不過是和他們虛耗時間，把真正厲害的后土和蚩尤留給你，藉機消耗你的靈力，不過你也太沒用了，號稱什麼神族第一高手，后土和蚩尤就能把你傷到這麼重。」

少昊白袍上的血痕越來越多，藍色的水泡越變越薄，越變越小。

宴龍一邊笑著，一邊嘖嘖搖頭，欣賞著少昊的無力掙扎。自他出生，少昊就一直是他的敵人。從小到大，不管做什麼都要被拿來和少昊比，不管他多麼努力，做得多麼好，只要比不過少昊就沒有任何意義。自小到大，他也算天資超群，聰穎出眾，樣樣拔尖，可他偏偏碰上的是少昊，他永遠都在輸，輸得他不明白老天既然生了少昊，又何必再生他？難道只是為了用他來襯托少昊？

這是他第一次看到了勝利的希望，只要沒有少昊，他就會成為宴龍，而不是那個事事不如少昊的高辛二王子。

宴龍用力地連彈了三下琴，水泡鏗然破裂，少昊整個身子倒下去，耳朵裡都涔出鮮血來。

宴龍大笑，走到少昊身邊，少昊低聲說：「別浪費靈力在我身上，我已經沒有力氣走出虞淵，趕快去奪回河圖洛書。」

宴龍厭惡地狠狠踢了少昊幾腳，「別一副高辛屬於你一個的樣子，好像只有你最憂國憂民，難道我就不關心高辛嗎？從今天開始，我就是高辛的大王子，高辛的事情我會操心。」

他手掌蘊滿靈力，正要用力劈下，結束少昊的生命。后土突然大笑著走出，洞窟扭曲變形，土劍從上刺下，土刃從地上湧出，四周煙塵滾滾，什麼都看不清楚。

虞淵是土靈的天下，后土在此處相當於神力翻倍，宴龍卻不擅長近身搏鬥，心中一凜，全神貫注地閃避著土劍、土刃，一邊揚聲說道：「河圖洛書在蚩尤手中！」

后土的聲音不知道從哪裡傳來，含糊不清，「真的嗎？」

宴龍冷笑，「我何必騙你？」

「那好，告辭！」

一會後，滾滾煙塵散去，地上空無一人，看來少昊趁亂逃走了，宴龍氣恨，凝聚靈力就要去追殺，突然又遲疑起來，不知道剛才一幕后土看到了多少，父王雖然偏愛他，但如果讓父王知道是他殺了少昊，絕對不會輕饒他。

虞淵的吞噬越來越強，不能再耽擱，以少昊的傷勢，根本走不出虞淵，那麼不如就讓虞淵殺了他，日後即使后土說了什麼，父王問起，可以理直氣壯地回說，少昊在后土和蚩尤的攻擊下，不幸身受重傷，因為靈力不足，無法走出虞淵而亡，也算天衣無縫。

宴龍思量了一番後，匆匆向外掠去。

等宴龍消失不見了，躲在不遠處的阿珩和少昊才敢喘氣。

「多謝妳。」往日塵埃不染的少昊不但滿身是血，頭髮臉上也盡是汙漬，可他的從容氣度絲毫沒變。

「何必客氣？要謝也該謝你平日對我教導有方。如果不是你告訴過我父王心慈長情，我也不敢確信用后土就能嚇得宴龍不敢再追殺。」

少昊說：「妳的駐顏花能變幻容顏，可妳怎麼能控制土靈，讓宴龍確信妳是后土？」

「說來話長，反正這次要多謝后土。」阿珩背起少昊，「我們得快點出去，虞淵的力量越來越強了。」

她剛才自己一個過來時，已經有些費力，此時背著少昊，速度更慢。走了好一會，依舊沒有走出洞穴，下墜的力量卻越來越大，阿珩的腳越來越沉，就好像腳要和地面黏到一起，再加上少昊的重量，阿珩每走一步，都要動用全部靈力。

少昊看她越走越慢，知道她已經沒有了靈力，就是獨自逃出去都很勉強。「阿珩，放我下來，妳自己趁著太陽還沒到虞淵上方趕緊出去，與其兩個都死，不如活一個。」

阿珩心裡也在劇烈鬥爭，少昊講的道理她也很明白，她一邊艱難地走著，一邊左右權衡，想到母親和四哥，她停住了步子，她不能死！

少昊見微知著，掙扎要下去。

阿珩讓少昊背靠著牆壁坐下，不敢看少昊的眼睛，低著頭說：「對不起。」

少昊笑道：「沒必要，如果換成是我，壓根不會冒著被宴龍殺死的危險出手救妳，去吧！」

阿珩一咬牙，用足靈力向外奔去。

黑暗中，她不管不顧地向前奔跑，卻覺得是跑不盡的黑暗，少昊的笑容在她眼前揮之不去，只覺得自己每跑一步，少昊的笑容就越發清晰，相識以來的所有時光都變成了各式各樣的笑容，淺淺的笑，愉悅的笑，朗聲的大笑……她第一次意識到，不管什麼時候，少昊永遠都在笑。剛才他依舊在笑。

她猛地停住步子，咬了咬牙，轉身向回奔去。

四周漆黑、安靜，少昊已經閉目等死，突然聽到了緩慢而沉重的腳步聲，他卻沒有睜開眼睛。一直等到腳步聲停在了他身前，他才慢慢地睜開眼睛，凝視著阿珩，卻一字未說。

阿珩一聲不吭，用力地把他背起，因為虞淵的引力，少昊的身體已經重若千鈞，她只能一步一步地往外挪。

少昊沉默著，雙臂軟軟地搭在阿珩的肩頭。

阿珩一邊大喘氣，一邊用手抓著洞窟上凸起的石頭，用力往前挪。

洞窟內的溫度越來越高，引力越來越大，阿珩幾乎完全移不動步子，卻仍咬著牙關，雙手用力抓著突起的石頭，把自己往前拽，手被磨破了皮。

他們以一種蝸牛般的速度往前蹭，每蹭一點，都以鮮血為代價。

少昊忽地用力地伸出手，雙手攀住石頭，也盡力把他和阿珩的身體向前拉，牆壁上他們兩的血痕交匯相融。

又前進了十來丈，阿珩的腳再也抬不起來，她用力地提腳，卻怎麼都從地上拔不起，就好似整隻腳都長到了地上。

她用力提，用力提、再用力提……

身子左搖右晃幾下，帶著背上的少昊一塊摔到地上。

阿珩掙扎著想爬起，發現身體被重重地吸在地上，完全爬不起來，而少昊好似早就料到這個後果，壓根沒有動。

阿珩躺在少昊的胳膊上，嘿嘿地笑起來，「我可真傻！沒救成你，反倒把自己搭進來了，你幹嘛剛才不再勸勸我？表示一下你死志已定，不需要我多事？」

少昊閉著眼睛不說話，一瞬後才說：「因為我很怕死。」

剛才，阿珩跑掉後，他沒有害怕，只是平靜地感受著虞淵的力量一點點增加，一點點吞噬著自己，那種看著黑暗逐漸逼近的感覺，他早已經熟悉，因為從小到大，他每一天的日子都是如此。曾經以為父王最可以依賴，卻忘記了父王是他唯一的父王，他卻不是父王唯一的兒子；曾經以為最心疼自己的老嬤嬤，卻幾百年如一日地給他的食物投毒；曾經以為可以相信的妹妹，把他所說的話一字不漏地告訴俊后；曾經以為……一次又一次，他早已經習慣於平靜地看著每一個親人朋友毫不猶豫地把他拋棄，他覺得那樣才是正常。

可是，聽到阿珩奔跑回來的腳步聲，他的平靜碎裂了，心跳猛然加速，似乎在隱祕地渴望著什麼。面對神農的十萬大軍，他都能談笑自若，可那一瞬間，他竟然連睜開眼睛去確認的勇氣都沒有。

阿珩嘆氣，「我也怕死。」她想起了蚩尤，如果就這樣死了，她太不甘心！

少昊沉默不語地凝視著黑暗，真奇怪，現在引力大得連坐都坐不起來，可他居然沒有了被黑暗吞噬的感覺，也許他怕的不是死亡，而是怕孤獨地死去。虞淵的黑暗並不可怕，可怕的是被所有人遺棄的黑暗。

少昊突然說：「阿珩，如果……我只是說如果，如果有來世，我不再是高辛少昊，妳也不再是軒轅妭，不管妳是什麼樣子，我都會做一個對妳不離不棄的丈夫。」

阿珩輕聲笑著，「今生的羈絆就已經夠多了，何必再把今生的羈絆帶到來世？如果真有來世，我願意乾乾淨淨地活一次。」

少昊也笑，「妳說的很對。」

「阿珩，阿珩……」

焦急迫切的聲音不知道從哪裡傳來，在黑黝黝的山洞中迴響著。

阿珩和少昊豎著耳朵聽了一瞬，阿珩大叫起來，「大哥，我在這裡，我在這裡！」

阿珩的聲音發顫，喜悅地和少昊說：「大哥來找我了！我大哥來找我了！我們得救了！我們都不會死！」

少昊凝視著阿珩，笑而不語。

因為被虞淵的力量干擾，青陽又有傷，用靈力查探不到阿珩，只能依循著阿珩的聲音過來，等看到地上還躺著一個重傷的少昊，很是意外，一時間只是看著他們，神色凝重，好一會都沒出聲。

阿珩明白過來，大哥身上有重傷，虞淵的力量又太強大，他只能救一個走。

少昊淡淡一笑，「別婆婆媽媽了，就是可惜我們還未分出勝負。」

青陽抱起阿珩，少昊不再說話，只是微笑著閉上了眼睛。

青陽最後看了一眼少昊，大步流星地朝外奔去。阿珩抱著哥哥的脖子，眼睛瞪得大大，盯著後面，少昊白色的身影越變越小，就好似在被黑暗一點點吞噬。她把頭埋在哥哥脖子上，淚從哥哥的肌膚上滑下。少昊看她的最後一眼還是在笑，似乎在告訴她，沒有關係！可是他明明說了他怕死！

青陽面容冷漠，看似無動於衷，只是狂奔，可太陽穴突突直跳，手上也是青筋鼓起。

「嘎嘎，嘎嘎！」

阿珩立即抬頭，失聲驚叫，「烈陽，阿獙！」

嗚叫聲中，烈陽飛撲過來，落在阿珩手上，阿獙隨後而到，喜悅地看著阿珩，不停地嗚嗚叫。牠們也不知道怎麼了，一隻羽毛殘亂，一個毛髮有損，好似和誰搏鬥過。

青陽驚訝地看著這兩隻畜生。畜生的感覺最為敏銳，常常比靈力高強的神族都靈敏，當太陽剛接近虞淵時，所有坐騎都退避躲讓，逃離了虞淵，並不是牠們對主人不忠，只是畜生的求生本能，可這兩隻畜生竟然為了尋找阿珩，克服了本能的畏懼。

阿珩看到阿獙，大笑起來，又哭又笑地指著後面，「快去，把少昊救出來，快去！」

阿獙縱身飛撲出去，青陽立即把阿珩放在地上，也朝回奔去。

阿珩躺在地上，緊緊地抱著烈陽，嘿嘿地傻笑。

烈陽不滿意地扭著身子，一邊扭一邊啄阿珩，阿珩不但不躲，反而用力親牠，烈陽被親得沒了脾氣，只能昂著腦袋痛苦地忍受。

一瞬後，阿獙馱著少昊奔了出來，青陽抱起阿珩，大家一言不發，都拚命往外衝。

衝出洞口的一瞬，太陽已到虞淵，虞淵上空黑霧密布，什麼都看不見，濃稠得像黑色的糖膠。

「殿下！」朱萸喜悅地尖叫，她牢牢抱著重明鳥，手上臉上都是傷痕，狼狽不堪地站在山崖邊上，黑霧已經快要瀰漫到她的腳邊，她臉色煞白，身子搖搖欲墜，卻寸步不動。

青陽一聲清嘯，他的坐騎重明鳥哆哆嗦嗦地飛了過來，青陽躍上坐騎，立即朝著遠離虞淵的方向飛行。

直等飛出虞淵，他們才狼狽不堪地停下，回頭看，整個西方已經都黑霧瀰漫，太陽正一寸寸地沒入虞淵。

青陽怒問朱萸，「為什麼要傻站在虞淵邊等死？」有等死的勇氣卻不進來幫忙。

朱萸理直氣壯地回道：「不是殿下要我在那裡等你出來嗎？我當然要一直等在那裡了。」

青陽一愣，少昊趴在阿獙背上無聲而笑。

朱萸對阿珩跪下請罪，「王姬，您要我看住阿獙和烈陽，可牠們看到太陽靠近虞淵時妳還沒出來，就拚命往裡衝，我怎麼約束都沒用，被牠們給溜進去了。」

阿珩一愣，只能說：「沒事，幸虧妳沒管住牠們。」站在山崖邊等死和在山洞裡等死有什麼區別呢？這個朱萸……果然是塊木頭。

大家這才明白朱萸身上的抓痕從何來，阿獙和烈陽為什麼又是掉毛又是掉羽。少昊笑得越發厲害，一邊咳嗽，一邊對青陽說：「你說這塊木頭究竟算是有心，還是沒心？」

青陽蹙眉眺望著遠處的山頭，沒留意他們說什麼。

阿珩只是受了一些外傷，靈力並沒有受損，此時離開了虞淵，很快就恢復了。

她蹲在水潭邊，擦洗著臉上手上的髒泥和血痕。

阿獙尾隨在她身後，也走到了潭水邊，少昊從牠背上落下，撲通一聲掉入水潭，幸虧阿珩眼明手快，抓住了他。

少昊微笑：「我修的是水靈，這次謝謝妳了。」

阿珩反應過來，水潭正是他療傷的地方。水是萬物之源，修習水靈的神不管受多重的傷，只要有水，恢復的速度就會比別的傷者快很多。

阿珩一笑，放開了手，少昊緩緩沉入水底。

青陽走到阿珩身邊，兩隻腳踩到水面上，水潭開始結冰。

青陽說：「我和少昊因為自己身上有傷，為了以防萬一，在進入虞淵前，我們合力在虞淵外布了一個陣，蚩尤現在被困在陣裡，我們必須趕在少昊的傷勢恢復前從蚩尤手裡取回河圖洛書。」

阿珩十分驚訝，「你們各自帶手下趕來虞淵，都沒有機會見面，怎麼能合力布陣？」

青陽淡淡說，「等妳和一個朋友認識了幾千年時，就會明白有些事情壓根不用說出來。」

阿珩看著已經全部凍結的水潭，似笑似嘲地說：「他也會理解你現在阻止他療傷的意圖了。」

剛才消失不見的朱萸不知道從哪裡又冒了出來，對青陽指指遠處一個小水潭，那是他們剛從虞淵逃出時，經過的第一個有水的地方。

青陽猛地一腳跺在結冰的湖面上，所有的冰碎裂開，青陽直沉而下。

阿珩正莫名其妙，青陽抓著一個木偶躍出，把木偶扔到阿珩腳下，跳上重明鳥背，向著朱萸指的水潭飛去。

阿珩撿起木偶，發現木偶雕刻得栩栩如生，完全就是一個小少昊，心臟部位點著少昊的心頭精血，原來少昊剛一逃出虞淵就已經用傀儡術替換了自己，一路上和他們嬉笑怒罵的都只是一個傀儡。

阿珩想著剛才對她感激道謝的竟然是個傀儡，心中發寒。

朱萸看阿珩愣愣發呆，還以為她不明白自己如何能找到少昊，指了指地上的茱萸，「殿下在進入虞淵前吩咐我留意一切有水的地方，我特意在每個水潭邊都偷種了茱萸，如果不是如此，只怕就被少昊糊弄過去了。」

阿珩駕馭阿獙趕到小水潭邊時，整個水潭已經全部凍結成冰，青陽閉目盤膝坐在冰面上。

阿珩對他說：「對不起，大哥。」

青陽說道：「我在這裡困住少昊，妳帶朱萸，還有……」青陽看了一眼阿獙和烈陽，不再把牠們看作畜生，「牠們，一起去拿河圖洛書。不用急著出手，等宴龍和蚩尤兩敗俱傷時，再利用陣法盜取，但也不要太慢，這裡的地勢靈氣有利於少昊，我不知道能困他多久。」

阿珩剛要走，青陽又說：「不要讓宴龍死，他是最好的牽制少昊的棋子。」

阿珩道：「明白了。」

「怎麼還不走？」

阿珩問道：「三哥是你殺的嗎？」

青陽淡淡說：「是祝融殺死了他，妳從哪裡聽來的風言風語？」

阿珩說：「我從父王那裡聽來的。父王沒有明說，不過彤魚氏能對著我嚷嚷，大概父王也有了懷疑。」

青陽嘴角一勾，笑起來，「這些事情不用妳理會，去拿河圖洛書。」

「大哥，請不要因為你的野心陷母親和四哥於險境，否則，我絕不原諒你！」阿珩說完，跳到阿獙背上，飛向了天空。

第十六章 此生此夜不長好

阿獙在高空看到他們，歡鳴著飛撲過來，烈陽不甘示弱，也衝了回來。

一時間，湛藍的天空下，又是鳥叫，又是獸鳴，還有阿珩的笑聲，蚩尤的喃喃咒罵聲。

阿珩按照大哥的指點，先作壁上觀。

青陽按照金木水火土的方位，布置了五面冰鏡，只需站在鏡前，整個陣法內的情形就能盡收眼底。

后土、祝融、中容都被困在了陣法內。后土謹慎小心，並不著急出去，不慌不忙地四處查探著；祝融性子暴躁，氣急敗壞地左衝右突，放火燒山，看似火海一片，實際他燒的都是幻境；中容駕馭著玄鳥不停地在飛，其實一直在原地兜圈子。

宴龍對陣法壓根不在意，端坐在山頭彈琴，神色鎮定，姿態閒雅，琴聲一時鏗鏘有力，如驚濤巨浪，一時纏綿淒切，如美人哭泣。

隨著宴龍的琴聲，谷底的石頭一塊又一塊被打成粉碎，好幾次都險險擊中蚩尤，蚩尤上竄下跳，左躲右閃，雖然依仗著野獸般的靈活身法堪堪躲開，卻越來越狼狽，頭上衣服上都是塵土。

烈陽看到蚩尤的慘樣，十分幸災樂禍，咧著嘴、揮著翅膀，嘎嘎大笑；阿獙看到蚩尤被人欺負，十分著急，一直用頭拱阿珩，不明白阿珩為什麼不去幫蚩尤。

朱萸看得咋舌，「難怪殿下這麼留意蚩尤，宴龍已經成名千年，這個蚩尤不過五六百年的修行，卻能在宴龍手下堅持這麼久。」朱萸透過腳下的青草，把靈識延伸出去，靜靜感受了一會，嘆道：「不過好可惜啊，宴龍的殺氣好重，蚩尤要死了！」

朱萸話音剛落，宴龍的琴聲突然變得很柔和，像清風明月、小溪清泉一般，也不再有石塊被音波震碎，整個山谷都被寧靜祥和籠罩，蚩尤卻神色凝重，立即盤膝坐到地上，運出全部靈力抵抗，四周長出藤蔓，將自己重重包裹住。

朱萸重重嘆息了一聲，居然對蚩尤生出惋惜，「唉！這才是音襲之術中最恐怖的魅惑心音，可令千軍萬馬崩潰於一瞬。」

所謂魅惑心音也就是利用聲音的力量，操控心中的感情，或者喜悅，或者悲傷，或者憤怒……不管神族、妖族、人族，只要有靈智，就不可能沒有七情六欲、情緒波動，一旦被宴龍抓住情緒的漏洞，再利用琴音攻擊這個情緒弱點，被攻擊者最後就崩潰在自己極端的情緒中。

蚩尤上一次就是利用了阿獙聲音中的魅惑之音令神農山的精銳不戰而敗，宴龍的功力勝過阿獙百倍，威力可想而知，蚩尤又愛恨激烈，情感極端，更容易被操縱，所以在朱萸和宴龍眼中，蚩尤已經徹底死了。

在宴龍的琴音中，包裹著蚩尤的藤蔓從綠色慢慢變成了黃色，隨著藤蔓顏色的變化，整個山林的樹葉也慢慢地變成黃色，就好似已經到了秋末，萬物即將凋零。

宴龍微微而笑，等所有樹葉凋謝時，就是蚩尤靈力枯竭時，也就是蚩尤的死期！他又加重了指間的靈力。

就在此時，山林裡突然響起幾聲虎嘯，令宴龍的琴音一亂。

宴龍穩了穩心神繼續撫琴，山林裡卻開始越來越熱鬧。

虎嘯、狼嚎、猿啼、鼲吠、鳥鳴、蟲唱……似乎各式各樣的動物都甦醒了，隨著宴龍的琴聲一會這個叫，一會那個叫。一隻野獸的叫聲並不可怕，可是成百上千隻野獸匯聚到一起的叫聲非常可怕。

野獸和人不同，牠們沒有貪嗔愛恨痴，並不會被琴音左右情緒。如果只是狼嚎，宴龍也許可以利用琴音模仿虎嘯，令狼退卻，可這麼多動物一起亂叫，宴龍沒有辦法讓牠們畏懼，反而自己琴音中的力量全部被打亂。

朱萸眉飛色舞，鼓掌喝彩，「好個蚩尤！竟然讓他想出了這麼一招去破解魅惑心音！你利用的是人非草木孰能無情，我就給你一群沒心沒肺的野獸，看你怎麼玩？」

阿珩唇邊帶著笑意，語氣卻是淡淡的，「他神力不如宴龍，也只能玩這些耍賴的招數！」視線一掃，瞥到冰鏡中的圖像，「后土找到陣門了。」

后土堆起黃土要破陣法，朱萸立即拉著阿珩後退，她們面前的冰鏡炸裂，少昊和青陽的靈力變作了漫天雨雪，淅淅瀝瀝地落著。

同時間，蚩尤抓住宴龍聲音中的一個漏洞，令整個山坡上的青草旋轉而起，直擊宴龍，一根根青草細如髮絲，硬如鋼針，宴龍的音襲之術不擅長近身搏鬥，抱著琴左躲右閃，琴音越發亂了，身上的衣服被割得千絲萬縷。

蚩尤分開藤蔓躍出，縱聲大笑，「王子嘗試完了千草針，再嘗嘗萬葉刃。」

山林間的黃葉從四面八方呼嘯著向宴龍飛去，像無數條黃色的蟒蛇撲向宴龍。宴龍瞳孔收縮，臉色蒼白，狼狽不堪地跌到地上，左滾右躲。

蚩尤站在大石上，也是渾身血跡，衣衫襤褸，卻驕傲得意如一隻開屏孔雀，譏笑道：「原來這就是神族中大名鼎鼎的音襲之術，號稱『不傷己一分，令千軍萬馬崩潰一瞬』，原來不過是一個不敢正面迎敵的把戲。王子下次用音襲之術，記得要找一百個神將把你團團保護住，好讓王子慢慢彈琴。」

宴龍貴為高辛的王子，從未受過這樣的譏嘲，幾乎被嘔得吐血，一個閃神，手腕被葉子劃過。

「啊——」淒厲的慘叫聲中，鮮血飛濺，一隻手掌和手中的琴都飛了出去。

蚩尤冷冷一笑，正要加強靈力，殺死宴龍，忽然透過漫天黃葉，看到一個青衣女子姍姍出現，她的肩頭停著一隻白色的琅鳥，身側跟著一隻黑色的大狐狸。

女子慢慢停住了步子，她身旁的大狐狸歡快地向蚩尤奔跑過來，眼見著就要跑入飛捲的黃葉刀刃中。

蚩尤收回了靈力，阿獙穿過徐徐落下的黃葉，衝到蚩尤身邊，又是搖尾巴，又是抓蚩尤的衣袍，左撲右跳地歡叫著。

蚩尤蹲了下來，手在阿獙背上來回揉著，眼睛卻是瞅著山坡上站立的阿珩，對阿獙說：「她怎麼來了？只怕也是衝著河圖洛書來的吧！」

阿獙可不懂什麼河圖洛書，只知道又看到了牠喜歡的蚩尤，高興地不停撲騰。

此時陣法已去，幻像盡皆消失，中容在空中看到重傷的宴龍，趕忙命玄鳥下落，「二哥，二哥……」

宴龍痛得整張臉都扭曲變形，中容一手攙扶起宴龍，一手撿起地上的斷掌，立即跳回玄鳥背上，向東邊逃去。

宴龍對蚩尤大叫：「今日之仇，他日必報！」

蚩尤毫不在乎地高聲大笑。

陣法破後，祝融和后土立即藏身到山林中，袖手旁觀著蚩尤和宴龍的打鬥。祝融雖然討厭蚩尤，可宴龍曾在蟠桃宴上當眾打敗過他，他更嫉恨宴龍，看宴龍被蚩尤重傷，不禁笑道：「我早就說了宴龍的音襲之術中看不中用，如果當年不是我不小心被他搶了先機，怎麼可能會敗給他？」

后土皺著眉頭，眼中隱有擔憂，「我們先殺了軒轅揮，得罪了軒轅族，如今又重傷宴龍，和高辛族結怨，再這樣下去，神農族會越來越孤立。」

祝融訓斥道：「婦人之仁，對付敵人的最好方法就是殺一個少一個！宴龍靠的是琴音，失去了一隻手的宴龍有什麼好怕的？我們現在應該考慮的是如何把河圖洛書從蚩尤手裡弄過來。」

后土不說話，祝融盯了他一眼，說道：「你別忘記，蚩尤本是一隻貪婪嗜血的野獸，如果他參透了河圖洛書，你想想後果。你以為他會讓榆罔那個笨蛋繼續當炎帝？」

后土恭順地低下頭，將眼中的情緒掩去。

祝融看到一個青衣女子走向蚩尤，因為阿珩有駐顏花，容顏早已變幻，他並不認識。

祝融問道：「那個女子是誰？」

后土隱隱猜到是誰，卻不願說出，只道：「大概是蚩尤的朋友吧！」

「朋友？不就是蚩尤的女人嘛！」祝融連連冷笑，「上次火燒軹邑的琅鳥就是這隻鳥吧？難怪炎帝不許我傷牠，原來又是蚩尤！」

后土淡淡說：「天下的琅鳥有幾萬隻，你多心了。」

「哼！」祝融一揮袖，狠狠地盯了蚩尤一眼，「咱們走著瞧！」跳上畢方鳥，自去了。

后土輕嘆一聲，身影也消失在了山林間。

阿珩走到蚩尤身前，蚩尤譏嘲地問：「不知道妳是軒轅族的王姬，還是高辛族的王子妃？」

阿珩一笑，反問道：「王姬如何，王子妃又如何？」

蚩尤指指頭頂，「河圖洛書在逍遙腹內，如果是軒轅族的王姬，我和她有點交情，可以給她幾天時間，讓她偷取河圖洛書，如果是高辛族的王子妃，對不起，我並不認識她，只能立即命逍遙把河圖洛書送給榆罔。」

逍遙就是蚩尤的坐騎大鵬。烈陽看到一隻黑色的鵬鳥竟然敢在牠頭頂盤旋，便衝著鵬鳥叫，鵬鳥卻毫不理會，烈陽第一次碰到不聽牠號令的鳥，大怒下就要飛出去教訓對方。

阿珩忙說：「烈陽，牠不是普通的鵬鳥，牠是北冥中的鯤變化的鵬，既不向水族之王龍稱臣，也不向飛禽之王鳳凰稱臣。」北冥鯤是大荒內最神奇的異獸，生於北冥，死葬南冥，本是魚身，叫鯤，可剛一孵化就可以變化鳥形，變作的鳥叫鵬，速度極快，據說成年的鵬每搧動一次翅膀，就可以扶搖直上九萬里[1]。

這隻鵬還不是成鳥，但搧一下翅膀，幾千里也許已經有了，蚩尤把河圖洛書交給牠的確再穩妥不過，世間沒有任何神和妖能追上牠。

阿珩對蚩尤說：「我是軒轅族的王姬軒轅妭。」

蚩尤盯著阿珩，「即使妳救過我的命，我也只能給妳三天時間，三天之後我就會把河圖洛書交給榆罔。」

「好！」

蚩尤清嘯，鵬鳥直落而下，停在蚩尤身旁。

他跳上大鵬的背，把手遞給阿珩，「想要河圖洛書就跟我走。」

阿珩看阿獙和烈陽，牠們兩個怎麼辦？蚩尤說：「牠們的速度趕不上逍遙，只能晚一點到。」

阿珩握住蚩尤的手，跳到了大鵬背上。

大鵬一振翅膀，就已經進入雲霄，因為速度太快，阿珩身子向後跌去，跌入了蚩尤懷裡，蚩尤趁勢用胳膊圈住了她，阿珩想拽開他的手，蚩尤的身體左晃右閃，摟得越發緊，在她耳畔低聲說：「逍遙的速度太快，我現在的靈力也只是勉強控制，妳想我們倆都跌下去嗎？倒也不錯，至少生不同衾死同穴。」

蚩尤的身形猛地一斜，差點掉下去，阿珩尖叫了一聲，再不敢亂動。

因為速度快，什麼都看不清楚，只看到白茫茫一片，雲就像海濤一般一浪又一浪沖捲過來，割得臉都好像要裂開。

蚩尤哈哈大笑，逍遙也是個瘋子，聽到蚩尤的笑聲，越發來勁，速度越發快起來，一會突然猛衝而下，眼看著就要摔死，結果牠猛一個提升，和山尖一擦而過，在一個瞬間又扶搖而上。阿珩剛鬆一口氣，牠又猛地翻轉一下，阿珩嚇得緊緊抓著蚩尤。

最初的驚怕過後，竟然慢慢地有了別的滋味。

九天浩蕩，雲霄遼闊，這個世間好似除了他們，再沒有其他，沒有任何東西能快過他們，也沒有任何東西能束縛住他們，整個天地都任憑他們肆意遨遊。

蚩尤在阿珩耳畔大聲問：「感覺如何？」

1.《莊子・逍遙遊》：「北冥有魚，其名為鯤。鯤之大，不知其幾千里也。化而為鳥，其名為鵬。怒而飛，其翼若垂天之雲。是鳥也，海運則將徙於南冥。」

阿珩沒有說話，只是緊繃的身體慢慢放鬆，不知不覺靠在了蚩尤懷裡，連靈力都散去，把生死完全交給了蚩尤。至少這一瞬，她可以完全依靠他，所有的負擔和束縛都可以暫時拋棄。

蚩尤感覺到阿珩身上靈力盡散，詫異了一下，就顧不上再想，只是緊抱住她，和她一塊在九天之外忽高忽低，肆意遨遊。

不知道飛翔了多久，逍遙又是一個急落，阿珩覺得就像是要摔死一般急急墜落，被壓迫得喘氣都困難，墜落的過程急速而又漫長，就在她覺得沒有盡頭時，一切突然靜止，若沒有蚩尤的靈力，她的身子都差點飛出去。

蚩尤輕聲說：「我們到家了。」

阿珩一愣，緩緩睜開眼睛，放眼望去，桃花開滿山坡，雲蒸霞蔚、繽紛絢爛，緋紅的桃花掩映中，有點點綠竹樓隱約可見。

原來一會的工夫，他們就已經到了九黎。

蚩尤伸出手，逍遙把一顆雞蛋大小的玉卵吐到他手裡，連招呼都沒打一聲，又騰空而上，消失在夜空中。

蚩尤對阿珩晃了晃手中的玉卵，收到懷裡，「這就是妳想要的河圖洛書。」說完，他提步向寨子裡行去。

阿珩咬了咬唇，快步跟了上去。

阿珩和蚩尤走進蚩尤寨時，天色仍黑，四周萬籟俱靜，蚩尤躺到祭臺中央，仰頭望著天空。

阿珩坐了下來，「這三天你想做什麼？」

蚩尤食指放在唇上，示意她別吵，默默望了一會天空，竟然閉上眼睛，沉沉睡去。

阿珩只能靜靜地坐著，同樣的夜色，可在九黎卻多了幾分安詳、幾分輕鬆，不一會，她的眼皮子越來越沉。這幾日她先是趕著來參加四哥婚禮，又趕著去虞淵奪河圖洛書，一直精神緊繃，沒有好好休息，此時一放鬆，睏意上來，靠著石壁就睡著了。

巫師們清晨起來，正要打掃祭臺，看到祭臺上竟然有人。一個衣衫襤褸的紅袍男子身體呈大字形仰躺在祭臺中央，雖然在沉沉而睡，可連睡相都透著一股張狂，在他身旁不遠處，一個青衫少女縮靠著石壁，唇角帶著一點笑意，也正睡得香甜。

大巫師忙去叫巫王。巫王拄著拐杖過來看了一眼，笑咪咪地對大家揮手，讓大家都安靜地離開。

這一覺睡得十分香甜，等睜開眼睛時，阿珩發現自己身上搭著條獸皮毯子，而蚩尤已經不知去向，她猛地跳了起來，「蚩尤！」

蚩尤的聲音懶洋洋地傳來，「幹什麼？」

阿珩探頭去看，發現蚩尤和巫王正坐在桃花樹下曬太陽。他下身穿了一條只到小腿的黑色寬角褲，上身打著赤膊，肌膚被曬成了健康的棕褐色。

阿珩一邊走下祭臺，一邊看了看太陽，竟然已經偏西，不禁皺眉，暗暗埋怨自己睡得太久。

蚩尤展了個懶腰，拿腔拿調地說：「哎呀，都已快過了一天，連河圖洛書藏在哪裡都不知道！」

阿珩看不得他這個樣子，一腳踹到他的竹椅上，把他踹翻在地，踹完了才想起蚩尤就是九黎人的神，這樣的動作落在巫王眼裡簡直是褻瀆九黎，這老頭可是神族都敬讓三分的毒王，忙又對巫王討好地笑。

巫王呵呵地笑著，佝僂著腰站起，對趴在地上的蚩尤說：「今兒晚上是跳花節，你們既然湊巧來了，可別忘記去看看熱鬧。」

阿珩看巫王走了，坐到他坐過的搖椅上，一邊搖著，一邊盯著蚩尤琢磨，他把河圖洛書藏到了哪裡？

蚩尤騰身躍回搖椅上，看阿珩一直盯著他。他眼中冷光內蘊，似笑非笑地道：「妳若想知道，就過來摸一摸，摸遍我的全身不就知道了？」

「呸！」阿珩臉有些燙，瞪了他一眼，撇過了頭。

陽光隔著桃花蔭曬下，溫暖卻不灼燙，讓身子懶洋洋的舒服，好似骨頭都要融化了。

祭臺一側是連綿起伏的大山，另一側是筆直的懸崖，此時懸崖上開滿各色野花，燦若五色錦緞，一道白練般的瀑布從崖上落下，飛濺在石頭上，激蕩起一團又一團的水霧。日光映照下，瀰漫的霧氣中有半道七彩霓虹，斜跨在潔白的祭臺上空。

瀑布的水流入深潭後，沿著白色鵝卵石砌成的水道，繞著祭臺蜿蜒而過，水面上點點落花，時不時有魚兒追著花蕊跳出水面，一個擺尾，啪一聲又落回溪水，飛濺起點點銀光。

阿珩看得出神，不知不覺中忘記了河圖洛書，髮梢肩頭落滿了桃花瓣都不自知。

蚩尤側頭看著她，眼中的冷厲漸漸淡了，透出了溫柔。

他們倆就這麼一個痴看著山野景致的變幻，一個凝視著另一個，凝固成了一幅幽靜安寧的山居圖。

直到日頭落山，倦鳥歸林，一群山鳥從他們頭頂掠過，阿珩才想起了此行的目的。她的眼神一沉，抿了抿唇角，透出堅韌。蚩尤的眼神冷了下來，趕在她轉頭前轉過了頭。阿珩側頭時，看到蚩尤含著一抹冷笑，眺望著遠處山坡上的桃林。

巫王派人來叫他們吃飯，蚩尤站起來，逕自走了，「我晚上要去過跳花節，妳如果還記得自己承諾過什麼，可以來看看。」

阿珩坐在搖椅上沒有動，只是看著頭頂的桃花。

前年的今日，是她最需要蚩尤時，她不惜暗算大哥，逃出朝雲峰，在桃花樹下等了蚩尤一個晚上，蚩尤卻失約未到。如果那天他到了，如今他們會在哪裡？

去年的今日，她苦苦籌謀一年，對俊帝藉口要教導婦人養蠶，溜到九黎，等了蚩尤半夜，可是，桃花樹下，她等來的是一襲絕情的紅袍。

今年的今日，她不知道自己是否還有勇氣相信桃花樹下、不見不散的諾言。

和往年一樣，沒有祭臺，沒有巫師，更沒有祭祀的物品，只有一堆堆熊熊燃燒的篝火和滿山滿坡盛開的鮮花，無數的男男女女在篝火旁、鮮花中唱歌跳舞。

傳說幾萬年前，在特定的日子，各族的男男女女可以相見私會，自定嫁娶，可慢慢地這個習俗就消失了，九黎族卻仍保留著上古風俗，男歡女愛既不需要父母之命，也不需要婚禮作證，只需要男兒歡喜女兒愛。哥哥妹妹只要對了意，那麼就可以立即結成對。

背時哥哥不是人，
把我哄進刺芭林，
扯起一個掃堂腿，
不管地下平不平。
……

少女嬌俏地申述著對往日情事的不滿，眾人哄堂大笑，嘲笑地看著女子的情哥哥。男子急得抓耳撓腮，拚命想歌詞，好唱回去。

阿珩聽到歌詞，羞歸羞，可又覺得好笑，忍不住和大家一塊笑。她拎著一個龍竹筒的酒嘎，一邊聽著對歌，一邊慢慢喝著。

山歌聲一來一回，有的妹妹已經刁難夠了情哥哥，收下了情哥哥相贈的桃花，別在鬢邊。大荒人用桃花形容男女之情估計也就是來自這個古老的習俗。

阿珩摘下頭上的駐顏花，一朵嬌豔欲滴的桃花，是整個山谷中最美的一朵桃花。她忽地想，會不會當年蚩尤相贈駐顏花並不是因為它是神器？在他眼中，它只是一朵美麗的桃花。

阿珩柔腸百轉，默默凝視著駐顏花。

突然，山谷中響起了難以描繪的歌聲，把所有的歌聲都壓了下去。那歌聲洪亮不羈，粗獷豪放，像是猛虎下山，澎湃著最野性的力量，可又深情真摯，悲傷纏綿，像是山澗松濤，溫柔地召喚著遠去的女蘿歸來。

哦也羅依喲，
請將我的眼剜去，
讓我血濺妳衣，
似枝頭桃花，
只要能令妳眼中有我。
哦也羅依喲，
請將我的心掏去，
讓我血漫荒野，
似山上桃花，
只要能令妳心中有我。
……

所有人都停住了歌舞，四處找尋著唱歌的人。

蚩尤一邊唱著山歌，一邊一步步走了過來，九黎族的少女們只覺得從未見過這麼出眾的兒郎，他的身板比那懸崖上的青杠樹更挺拔，他的眼睛比那高空的蒼鷹更銳利，他的氣勢比九黎最高的山更威嚴，他的歌聲卻比九黎最深的水更深情。

哦也羅依喲，
請將我的心掏去，
讓我血漫荒野，
似山上桃花，
只要能令妳心中有我。

……

蚩尤一襲鮮豔的紅袍，從人群中穿過，站在了阿珩的面前。他身上的紅袍是阿珩為他所織。阿珩的怨惱淡了，心底透出一點甜意，看來他後來還是趕到了桃花樹下，終究沒捨得把衣袍扔掉。

蚩尤的聲音漸漸低沉，反反覆覆地吟唱著：「哦也羅依喲，請將我的眼剜去，只要能讓妳眼中有我。哦也羅依喲，請將我的心掏去，只要能讓妳心中有我……」

他的眼睛中全是求而不得的相思苦，無處宣洩，無處傾訴，只能化作歌聲，反覆吟哦。

蚩尤取過阿珩手中的駐顏花，變作了一個桃花環，雙手舉起，如捧王冠一般捧到阿珩面前，「這不是王冠，如果妳想要的是王冠，我會為妳打下一座王冠，絕不會比少昊給妳的差。」

阿珩眼中有了淚意，米朵拽阿珩的袖子，低聲說：「收下，收下。」

阿珩卻站了起來，低著頭繞過蚩尤，走向前方。

蚩尤眼中灼燙熾熱的光芒一點點黯淡，剛想把花環扔掉，突然聽到背後傳來輕輕的歌聲。

山中有棵樹喲，
樹邊有枝藤喲，
藤兒彎彎纏著樹，
藤纏樹來樹纏藤喲。

蚩尤不太敢相信地回頭，看到阿珩站在篝火邊，臉色緋紅，聲音小得幾乎聽不到，可她的的確確按照九黎族的風俗，在用山歌當眾表達對蚩尤的情意。

日日夜夜兩相伴喲，
朝朝暮暮兩相纏喲，
藤生樹死纏到死，
藤死樹生死也纏喲，
風風雨雨兩相伴喲，

生生死死兩相纏喲，
藤生樹死纏到死，
藤死樹生死也纏喲。

蚩尤看著阿珩，神情複雜。

八年前，他們許下了桃花之約，約定年年桃花盛開時，樹下相逢。每次相逢時，他都或求或哄或騙得讓她給他唱情歌，她卻總是害羞地拒絕，笑嗔他太狡詐，因為按照九黎赤裸熱烈的風俗，男子唱情歌是求歡，女子如果用歌聲回應，就表明她願意和他歡好。她從沒有對他唱過情歌，今年，她竟然當眾向他唱了情歌。

金丹推蚩尤，「我說小兄弟，你怎麼光傻站著啊？」

蚩尤這才好似反應過來，快步走到阿珩面前，要把花環戴到阿珩頭上，阿珩側頭避開，「我不需要王冠，我只要一朵代表你心意的桃花。」

蚩尤把像王冠一樣的花環變回了駐顏花，插到阿珩髻邊。

大家不認識蚩尤，卻知道這個羞澀的女子就是救治了無數九黎人的巫女西陵珩，看到敬愛的巫女找到了意中人，都喜悅地歡呼。

蚩尤牽著阿珩的手，仍不確信地輕聲問：「阿珩，妳真願意？」

阿珩用力握住了他的手。

幾個跟著巫師學習的少年一直盯著蚩尤打量，一邊悄聲嘀咕，一邊你推著我、我推著你，終於有一個膽子大的對蚩尤喝問：「嗨！你這人膽子倒大，竟敢向我們的西陵巫女求歡，你是誰？你可知道這是九黎族的跳花節？外人想參加必須要巫王同意。」

蚩尤愉快地笑道：「我叫蚩尤，五百多年前就生活在九黎山中，九黎的跳花節當然能參加。」男男女女都驚駭地呆住，問話的少年激動地跪下，眾人也跟著他陸陸續續地跪倒，朝蚩尤磕頭。

蚩尤搖搖頭，對阿珩說：「一點明就沒意思了，咱們走吧！」

蚩尤牽著阿珩的手，看著步速緩慢，等眾人抬頭時，卻已經看不見他們的身影。

溪水潺潺，微風習習。靜謐的天空，綴滿無數顆星辰，一閃一閃，猶如情人的眼眸。

阿珩坐在桃花林間的竹樓上，遙望著天空的星辰。

蚩尤提著幾筒酒嘎從屋裡走出，遞給阿珩一筒，阿珩隨手接過，連喝了一半，已經有了七分醉意。

蚩尤坐到她身側，攬住她的腰，從她手裡拿過竹筒，喝了一口酒，低頭來吻阿珩。

阿珩笑著躲了幾下，沒有躲開，只能任由他火熱的唇落在她唇上，接受他口中渡來的美酒。

蚩尤的動作很青澀笨拙，和他平日的狡詐老練形成了鮮明的反差，可唯其青澀笨拙，才現出最熾熱的真摯。

多年的夢想終於成真，蚩尤只聽到心咚咚直跳，卻不知道究竟是自己的心跳，還是阿珩的心跳。

一會兒，欲望澎湃，他體內的野獸呼嘯著要衝出來，恨不得立即就和阿珩歡愛；一會兒，雙眸清醒，他盯著阿珩，心內有個聲音似乎在煩惱、在生氣。隨著心情變換，他一會熱烈地親吻著阿珩，一會又遲疑不前。

阿珩主動抱住他，輕輕地吻著他，將他的欲望燃燒得越來越旺。

蚩尤身子滾燙，「阿珩，阿珩，阿珩……」他喃喃低語，「妳真願意嗎？」

阿珩沒有回答，而是握住他的手，抽開了自己腰間的裙帶，羅衫輕分，眼前春色旖旎，蚩尤體內的野獸咆哮著衝了出來，阿珩的身體軟倒在他身下。

蚩尤一邊狂風暴雨般地吻著阿珩，一邊將她的裙襦全部撕下。阿珩柔聲低叫，「蚩尤、蚩尤、蚩尤……」她的聲音猶如馴獸師的鞭子，蚩尤心中柔情湧動，竟然生怕自己傷到了她，動作漸漸溫柔。

阿珩頭上的駐顏花，在他們無意釋放的靈力交催下，飄出了無數桃花瓣，漫天都開始下起桃花雨。

月光下，鳳尾竹間，樓臺之上，桃花雨簌簌而下。他們倆交頸而臥，四肢相擁，婉轉纏綿。

蚩尤很溫柔，就像三月的春風，慢慢地吹拂著阿珩的身體，讓她的身體為他像花一般綻放，可等她接納他後，他越來越像咆哮的大海，狂風暴雨般地席捲著阿珩，總在阿珩以為要平靜時，又起了一波更高的浪。阿珩的意識被一個又一個更高的浪頭席捲，一個歡愉的浪花剛剛在身體內炸開，又一個歡愉的浪花襲來，她驚訝於自己的身體竟然能產生這麼多的歡愉。

隨著一個個浪花，意識越飛越高，就好似飛到了雲霄之上，轟然炸裂，阿珩忍不住尖叫，整個身體因為極致的歡樂而顫抖不停。

蚩尤擁著阿珩，輾轉反側地吻著她，「快樂嗎？」

阿珩全身無力，說不出話來，只是幸福地笑。

歌聲從山澗隱隱約約地傳來。

哥是山上青杠林，
妹是坡上百角藤。
不怕情郎站得高，
抓住腳杆就上身，
幾時把你纏累了，
小妹才得鬆繩繩。
……

蚩尤頭貼著阿珩的臉，捻著一縷她的髮絲在手指間繞來繞去，聽到歌聲，不禁輕聲而笑，他往日的笑總是帶著幾分銳利傲慢，此時卻低沉沉的，全是激情釋放後的慵懶無力。

阿珩臉色緋紅，「你笑什麼？」

「妳在羞什麼，我就在笑什麼。」蚩尤的五指纏到了阿珩的五指上，一字字慢慢說：「藤生樹死纏到死，藤死樹生死也纏。」

阿珩緊握住他的手，「其實，我和少昊並不是外面傳聞的那樣，我與他的恩愛只是做給我父王和俊帝看，他已經答應了我，有朝一日會允許我選擇離開……」

「噓！」蚩尤聽到少昊的名字，心中煩悶，一種好似公獸們想要拚死決鬥來捍衛交配專屬權的狂躁衝動，他指頭放在阿珩的唇上，示意她別說了，「這三天只屬於妳和我，不要提起別的事情。明年的跳花節，我在桃花樹下等妳，如果妳來了，我們再好好商討以後如何。」

阿珩笑著點點頭。

蚩尤吻住了她，桃花雨又開始簌簌而下。

天明時分，阿珩醒來時，蚩尤已經不在她身邊，想到昨日夜裡的樣子，她猛地拉起被子捂住了自己的頭，卻又忍不住偷偷地笑。原來這就是男歡女愛，竟然是銷魂蝕骨的快樂。

正在一時羞，一時喜，聽到竹樓外傳來陣陣笑聲，她忙穿上衣服，走到竹臺上，阿獙和烈陽不知道何時來了，正在瀑布下的水潭裡和蚩尤嬉戲。

阿獙又是爪子，又是翅膀，和蚩尤對打，鬧得水花四濺。烈陽在空中飛來飛去，邊飛邊不停地吐火球，想燒蚩尤，可蚩尤身手迅捷，烈陽的火球要麼打到了水裡，要麼打到了阿獙，燒得阿獙總是啊嗚一聲沉進水裡，露著一隻毛絨絨的大尾巴在水面上搖來搖去。

阿珩坐在竹臺上，一邊梳妝，一邊笑看著他們。

蚩尤抬頭對她叫：「下來吃飯，吃過飯我們進山。前天我們和逍遙先走，這兩個小傢伙還生氣了，我答應了帶牠們去山裡玩，這才跟我和好。」

蚩尤的做飯手藝十分好，尤其是肉，烤得噴香，吃得阿獙對著蚩尤不停搖尾巴。

他們用完早飯，帶著阿獙和烈陽進了山。

阿獙剛開始還纏著阿珩，後來看到五彩斑斕的大蝴蝶，立即拋下阿珩，追著蝴蝶滿山亂跑。烈陽早晨得了蚩尤的指點，對鳳凰內丹的操控越發靈活，正食髓知味，對著湖面猛練噴火，蚩尤和阿珩恰好可以偷得一段安靜。

蚩尤躺在草地上，雙手交放在頭下，嘴裡含著根青草，愜意地望著藍天，阿珩坐在他身邊，望著在草叢間撒歡的阿獙。

「阿珩！」

「嗯？」

「真的是藤生樹死纏到死，藤死樹生死也纏嗎？」

阿珩看向蚩尤，沒有說話，只點了點頭。她的眼睛，清澄乾淨，沒有一絲雜念，就如九黎山中最美的湖水。

蚩尤拿出河圖洛書，「這個東西妳打算怎麼辦？」

阿珩側頭想了一會道：「父王志在必得，我必須要和他交差，不過你若是把河圖洛書給了我，只怕祝融他們肯定不信，反倒以為是你獨吞了。」

「我才不在乎他們怎麼想。」

阿珩說道：「但你不得不顧慮你的兄弟怎麼想，我聽說你如今有了不少好兄弟。」

蚩尤眉間有飛揚的笑意，「他們都是真正的勇士。」

阿珩說：「我們把玉卵一分兩半，誰都得到了河圖洛書，誰也都沒有得到，這樣我可以和父王交差，你也和神農有個交代。」

「好！」蚩尤把烈陽叫來，「到檢查你鳳凰玄火是否運用自如的時候了。你把火控制到比蠶絲更細，慢慢地把這個玉卵切割成兩半。」

烈陽很自負地衝蚩尤叫了一聲，果真噴出的火比蠶絲更細，溫度卻越發高。

滋滋聲中，上古至寶河圖洛書被一分兩半。蚩尤把一半交給阿珩，另一半藏進靴子上的暗袋裡，「這個靴子看似簡單，卻是巫王的精心設計，如果不知道玄機，就會打開藏毒的機關。」

阿珩好笑地看著，「你花樣可真多！」

「小時跟著野獸一塊長大，需要學會的第一個本領就是藏食物，如果藏不好，即使辛苦獵到了食物也會被更大個的野獸搶去，消耗了體力卻吃不到食物，很有可能就再沒有機會捕到下一個獵物，最後自己變成了其他野獸的食物。」蚩尤盯著阿珩，很認真地說：「想成為活下來的野獸，不能僅僅依靠蠻力。狡詐、機警、多疑、凶狠缺一不可。」

阿珩想想自己幼時的幸福，再想想蚩尤，只覺心疼，握住了蚩尤的手，「從今往後，我們並肩而戰，當你需要休憩時，我會守護你的食物。」

蚩尤凝視著阿珩，一邊笑著，一邊慢慢地握緊了她的手，身子漸漸地傾了過來，剛要吻到阿珩，阿獙突然撲到他們中間，貼著阿珩的身子打了個滾，把身上的髒東西全滾到了阿珩身上，又肚皮朝天躺著，展展爪子，示意阿珩給牠抓癢癢。

蚩尤一巴掌拍到阿獙頭上，阿獙歪著腦袋困惑地看著蚩尤，不明白蚩尤為什麼生氣打牠，一雙狐狸眼睛眨巴眨巴的，很是可憐。

烈陽嘎嘎大笑，笑得從樹梢上掉了下來，仍在草叢裡前傾後倒地大笑，一邊笑，一邊用兩隻翅膀不停地往一起對，朝阿獙做親親的姿勢。

唔？

阿獙的腦袋慢慢地從左歪變成了右歪，可仍舊不明白烈陽的意思。

阿珩惱羞成怒，對蚩尤說：「幫我教訓一下這隻臭鳥。」

烈陽立即跑，還不忘衝阿珩和蚩尤噴了團火，一叢青草追在牠身後，牠在空中左逃右躥，越逃越遠，幾根白羽被割了下來，青草依舊追著牠不放。

阿獙看得有趣，飛上天空，去追草葉子。

阿珩嘆氣，「總算清靜了！」

蚩尤也說：「總算清靜了，我們可以……」他的兩個大拇指對了對，朝阿珩眨了眨眼睛。

「你怎麼跟著臭鳥學？懶得理你！」阿珩一邊嗔罵，一邊跳起來向山坡上跑去。

蚩尤笑著去追她，一追一逃間，他們的距離漸漸接近，蚩尤猛地一撲，抱住了阿珩，低頭去吻她。

阿獙在高空看到他們，以為他們在做什麼遊戲，顧不上再追草葉子，歡鳴著飛撲過來，四隻爪子齊齊抱住了蚩尤，帶著蚩尤和阿珩摔倒，在草地上跌成一團。

烈陽不甘示弱，也衝了回來。

一時間，湛藍的天空下，又是鳥叫，又是獸鳴，還有阿珩的笑聲，蚩尤的喃喃咒罵聲。

第十七章 天長地久有時盡

身體裡的冥火燒著阿珩的五臟六腑，炙心噬骨，好似要讓她為自己的輕浮、輕信付出最痛苦的代價。她不後悔愛過蚩尤，她只是決定，從今日起，要徹底忘記他！

清晨時分，阿珩在蚩尤懷裡醒來。

阿珩輕聲說：「大哥還在虞淵附近等我，我得回去了。」

蚩尤道：「竟然已經三天。」時間過得可真快。

阿珩抱緊蚩尤，心中滿是不捨。

兩人相擁了半晌，逍遙從高空俯衝而下，從窗口一掠而過，又直沖雲霄而上，似在催促他們上路。

蚩尤親了阿珩額頭一下，起身穿衣。

分別就在眼前，阿珩覺得有些事情還是要和蚩尤說清楚，「我嫁給少昊只是為了……」

蚩尤一邊穿衣服，一邊說：「我不在乎妳有沒有嫁過人，我和妳之間的問題不是少昊。」他回身看著阿珩，「一切都取決於妳，我要的是妳的這裡。」他的手掌貼在阿珩的心口，「妳願意給我一顆真心嗎？」

阿珩用力點點頭。

蚩尤一笑，目光炯炯，盯著阿珩的眼睛，「只要妳願意真心對我，那就行了，世間所有的困難都會退卻！」

是啊！只要他們合心，即使前路荊棘遍布，也一定能披荊斬棘，走出一條路來。阿珩只覺胸中勇氣激蕩，遲早有一天，她和蚩尤可以年年日日都像這三天一般。

阿珩依依不捨地辭別了蚩尤，趕去找青陽。

雖然阿獙全力飛行，可等阿珩趕到虞淵時，也已是半夜。

遠遠就看到火光沖天，阿珩不解，忙命阿獙再飛快點。等飛近了一點，遠遠看到祝融、共工、后土在合力催動火陣，被困在火陣中央的是青陽和昌意。他們兄妹三個修行的靈力不同，可因為他們自出生就夜夜被母親用蠶繭包裹住，掛在桑樹上休憩，所以他們的靈力可以相通。此時昌意一隻手掌搭在青陽肩頭，就是把自己的全身靈力都和青陽相通了。

青陽的神色看不出端倪，像平常一般無喜無怒的冷漠，可即使在昌意的幫助下，他們身周結成的白色冰牡丹也只有拳頭大小，顯然他的傷勢越發重了。

青陽一直是神農族最大的威脅，祝融好不容易撞到這個千古難逢的機會，肯定想把青陽徹底解決了。

阿珩焦急難耐，可眼前是神農的三大高手，還是火陣，她的靈力本就低微，偏偏修練的又是木靈，恰好被火剋制。

該怎麼辦？

她正在凝神思索，朱萸駕馭著重明鳥落下，阿珩忙問：「大哥和四哥怎麼會被祝融困住？」

「妳跟著蚩尤走後不久，四殿下就氣急敗壞地趕來了，聽到妳去找蚩尤拿河圖洛書，和大殿下吵起來，罵他利用妳，然後四殿下怒氣沖沖地跑去找妳。後來，祝融發現了受傷的大殿下，就傳叫共工和后土，想要趁機殺死大殿下，大殿下明明可以趁三大高手沒有到齊，陣法未完成時逃走，但是少昊還在冰下療傷，他若走了，祝融說不定就會發現重傷的少昊，以祝融的性子，肯定會……」朱萸手在脖子上一比劃，做了一個割頭的動作，「大殿下不肯走，把水潭解凍後，寸步不移地守在水潭前，就被祝融他們設陣給困住了。四殿下走到半路，發覺火靈異動，怕大殿下出事又跑了回來，就和大殿下一塊變成這樣。」

朱萸看著遠處的火焰，愁眉苦臉地嘆氣，「真是不明白，大殿下一會忌憚得好像要少昊立即死，一會又不顧生死地要救少昊，難道就是因為我沒有心所以不明白嗎？」

阿珩沒工夫理會朱萸的困惑，拿出蚩尤給她的一半河圖洛書，塞到朱萸手裡，低聲叮囑著她。

朱萸駕馭著重明鳥飛過去，舉起手中的半塊河圖洛書，問道：「大殿下，我已經拿到了河圖洛書，現在怎麼辦？」

所有人都抬頭看向朱萸。

青陽惱怒地喝道：「逃！」

朱萸立即逃走。

祝融既捨不得這個，又捨不得那個，看看共工，又看看后土，對共工說：「追！一定要拿回來，整個神農族的興亡都在你手中！」

共工立即去追朱萸。

阿珩咬了咬唇，誘走了一個，還剩兩個！

她姍姍走了出去，后土看見她，臉色一變，眼睛都不敢和她對視，祝融卻大笑起來，「今天可真是個大吉的日子，老天嫌死兩個還不夠。蚩尤，這個女人就交給你了。」

阿珩驚訝地回頭，她身後站的正是蚩尤。

阿珩眼中暗藏喜悅，心定了下來，蚩尤眼中卻是一片陰沉冰冷，阿珩覺得哪裡不對，又顧不上多想。

眼見著最後幾朵冰牡丹也要熔化，阿珩揚手織起一張冰蠶網，剛要把網撒出去，她的手足都被藤條捆住。

阿珩不敢相信地回頭，的的確確是蚩尤捆住了她。

火陣中，冰牡丹全部熔化，火勢洶湧，直撲青陽，青陽的手掌變得焦黑，身體歪歪扭扭地軟倒下去，昌意想要救哥哥，可自己也已經力盡，揮出去的靈力在祝融和后土的聯力下一點作用也沒有。火光漸漸將他們吞沒。

阿珩看到哥哥被烈火吞沒，眼睛都紅了，掙扎著想衝出去，卻怎麼都掙不脫藤蔓，她對著蚩尤嘶聲大喊：「蚩尤，那是我哥哥！」

蚩尤盯著她，「我告訴過妳，我是叢林裡存活下來的野獸，狡詐、多疑、機警、凶殘缺一不可。」

阿珩急得要哭出來，「你說過不管我要什麼，都會幫我拿了來，我要我哥哥。」

蚩尤招了下手，逍遙從半空把一個被藤條捆得結結實實的人扔下來，是朱萸。

蚩尤從朱萸身上搜出半個玉卵，質問阿珩，「這是什麼？」

「我的半個河圖洛書。」

「那這個呢？」蚩尤又從朱萸身上搜出半個玉卵。

阿珩一臉震驚，張著嘴回答不出來。

「妳不好意思回答嗎？我來告訴妳！就在妳和我在榻上翻雲覆雨時，妳的婢女來偷玉卵，我任由她偷去，只是想知道妳究竟打算把戲演到什麼地步。」

阿珩明白了一切，看向火光中的大哥，原來她真是被大哥利用了。可是——那是她的大哥。

蚩尤兩手各舉著半個玉卵，傷、痛、怒、恨交雜。

「軒轅王姬，妳為了它連自己的身體都可以出賣？妳真以為我很在乎這個東西嗎？我若想要天下，即使沒有河圖洛書也照樣打得下來。我一再問妳，一再提醒妳，妳卻……」

蚩尤咬牙切齒，悲憤地大笑起來，「不管妳是貪圖權勢，還是愛慕虛榮都罷，我所求很少，只要妳能真心對我。軒轅王姬啊軒轅王姬，我連自己的心都能給妳，河圖洛書算什麼？妳若直接開口問我要，我完全可以直接給妳！為什麼要編著一套又一套的謊言來騙我？」

阿珩眼眶中全是淚水，「我沒有！」

「妳究竟是個什麼樣的女人？和少昊的纏綿恩愛天下皆知，人人都以為妳對少昊一往情深，妳卻轉身就能和我徹夜歡好，假惺惺地告訴我，妳和少昊是虛情假意，那我呢？妳和我又算什麼？是不是見了少昊時，妳又說和我只是虛與委蛇？」

「不、不……不是。」

蚩尤拎著阿珩的胳膊，逼在她臉前問：「妳在我身下假裝嬌喘呻吟的時候，是不是一直在想妳的婢女有沒有順利偷到河圖洛書？」

阿珩淚若泉湧，拚命搖頭。

蚩尤盯著她，一字字地問：「為什麼以前的跳花節，妳從不答應我的求歡，這次卻立即就答應了？妳老實告訴我，妳真的沒有任何目的嗎？」

「沒有！」阿珩剛脫口而出，卻又遲疑了。她固然是因為喜歡蚩尤，可似乎也有一點是因為父王說要宮廷醫師檢查她的身體，她怕露出什麼端倪，所以才毫不遲疑地和蚩尤……但是，那也是她本來就想和蚩尤在一起。

蚩尤狡猾如狐，何嘗看不出阿珩眼中的猶疑，心中的懷疑被證實，他心頭悲傷難抑，怒氣沖天，猛地扔開了阿珩，好似連碰她都再難以忍受。

幾百年來，他寧可自己受傷，都不肯接近她，怕傷到她，那麼小心翼翼地試探和接近，看似是狡詐，實際只是因為知道自己的心在她面前毫無抵抗力，可最終一腔的真摯全被辜負。

阿珩看到蚩尤的神情，心如刀絞，眼淚簌簌而下，對蚩尤說：「我現在說什麼你都不會再相信我，只求你一件事情，不要讓我哥哥死。」

蚩尤冷聲說：「妳忘記了嗎？野獸除了狡詐多疑，還很凶殘！人報我一滴熱血，我酬他一腔熱血，人傷我一箭，我還他十箭！」

蚩尤負手而立，一臉冷酷，無動於衷地看著祝融要把青陽和昌意活活燒死。

阿珩一邊哭泣，一邊哀求，「蚩尤，蚩尤……」

蚩尤面無表情，充耳不聞。

蚩尤設置了結界，后土聽不到蚩尤和阿珩在說什麼，可看到阿珩被藤條捆著，掙扎得披頭散髮，滿面淚痕，他不禁心下愧疚，緊咬著唇。

阿珩不停地哀求蚩尤，蚩尤卻一直面色冷酷，阿珩漸漸心死，不再哀求蚩尤，只是遙望著哥哥，淚如雨下，一雙眼睛映照出熊熊火光，她的整顆心也好似在火中，被一點點燒死，人越變越空。

蚩尤看到阿珩悲痛欲絕的神情，明明報復了她的欺騙，可是心裡卻沒有一絲痛快，甚至更加煩躁憤怒，他手一招，把阿珩捲到了身前，「妳不是很會說花言巧語嗎？現在怎麼不說了？難道連妳對哥哥們的感情也是假的？」

阿珩看著他，神情淒然，一字字慢慢地說：「蚩尤，如果今日你我易地而處，我會信你！難道幾十年的相識比不過三日的誤會嗎？」說完這句，她不再看蚩尤，只是盯著火陣，好似要牢牢記住今日一幕。

第一次，她明白人生至痛不是自己死，而是眼睜睜地看著親人死去，自己卻無能無力。

共工沒有抓到朱萸，沮喪地無功而返，卻發現朱萸已經被抓住，沒來得及問緣由，祝融就命他加入陣法。有了共工的靈力，火越燒越旺，吞沒了青陽和昌意的身體。

阿珩面色煞白，緊咬著牙，雙目空睜，不再有一滴淚水，唇角卻滲出血絲來。

蚩尤叫她，搖她，她都一動不動，只是木然地看著熊熊大火。

一個瞬間，蚩尤突然意識到，如果這場大火再燒下去，他所認識的那個阿珩也會徹底死去。

蚩尤心中掙扎，幾經猶豫，雖然怒氣未去，心恨阿珩，卻終是捨不得阿珩死，他揚起了手，準備發力滅火。

后土也在一番猶豫掙扎後，打算偷偷撤去靈力。

突然，一條巨大的水龍從水潭下呼嘯而出，席捲過整個火陣。

水與火相遇激戰，發出劈劈啪啪的巨大聲音，水龍漸漸變小，火光也越來越小。

當水龍消失時，少昊抱著阿珩，矯若遊龍般地落在火陣中，所有的火都被他擋住。

阿珩顧不上謝謝少昊，忙去探看哥哥。

昌意趴在青陽身上，手臂張開，把青陽的頭護在他懷中。阿珩用了點力氣才把已經昏迷的昌意拖開，昌意的背部被嚴重燒傷，青陽卻奇蹟般地毫髮未損，只是靈力枯竭的昏迷。

祝融、后土、共工看見這一幕，都是心內暗驚，王族內竟然有這樣的手足之情！

少昊一邊用水擋著火，一邊微笑著掃視過眾人，「好熱鬧，居然神農族的四位高手都在。」水是火的剋星，少昊靈力又高過他太多，祝融心虛了，強笑道：「沒想到少昊一直躲在水底窺伺，真是令人詫異。」

少昊笑說：「自家兄弟不爭氣，讓我受了點傷，三天前我就在水底療傷了，說起來是你們闖進了我的地方，可不是我有意窺伺。」

他大大方方地承認了自己受傷，又點明了已經療傷三天，祝融反倒越發忌憚，可又不願放棄眼前難得的機會。盤算著如果他們四個能齊心合力，根本不用怕少昊，但是蚩尤張狂傲慢，壓根不聽他號令，后土看似謙順，實際很陰險，壓根不可靠，只靠一個傻子共工肯定不行。

萬一他被少昊傷了，蚩尤和后土反過來收拾他呢？

祝融左右權衡了一瞬，收起靈力，對少昊說：「看在你的面子上，我就饒軒轅青陽一命。」

「多謝。」少昊笑著道謝，他這次的傷非常重，青陽又一直在阻撓他療傷，其實他現在根本不是祝融的對手。

少昊笑對眾人抱拳為禮，「那我們就告辭了，諸位後會有期。」

少昊救醒了青陽，朱萸扶著青陽坐到重明鳥背上，阿珩抱著昌意坐到阿獙背上，少昊站在玄鳥背上，眾人正要離開。

「且慢！」

蚩尤一邊走過來，一邊拋玩著手中的河圖洛書，所有人的目光都不禁隨著玉卵一上一下。

「青陽、少昊，我用這個和你們交換一樣東西。」

青陽和少昊異口同聲地問：「交換什麼？」

祝融和共工異口同聲地反對：「不行！」

后土一聲不出，只暗暗地運滿了靈力。

蚩尤笑指了指阿珩，「她！」

祝融再難按捺，破口大罵，「你個瘋子，別以為河圖洛書是你一個拿到的，要是沒有我們，你以為你能拿到？」

蚩尤不理他，只是看著青陽和少昊，「我想請王子妃去神農小住幾日，不知二位意下如何？」

青陽和少昊都不說話。

阿珩心中寒意颼颼，身子輕打著寒戰，蚩尤的微笑下是殘忍，他壓根不是想要她，他只不過是想讓她親眼看到自己在哥哥和丈夫的眼中還不如一件東西，而最可悲的就是——她的確不如！

蚩尤把玉卵一分為二，給少昊和青陽看，「整個天下的山川河流地勢天氣都盡在其中，如果你們倆都同意，就各得一半玉卵，如果你們只一個同意，我就把整個玉卵都交給他一個。」

蚩尤的心思可以說十分狡詐惡毒，幾句話就把青陽和少昊逼到了敵對方。青陽和少昊明知道蚩尤的詭計，卻不得不中計，他們看向彼此，眼中隱有忌憚，視線一對，又立即移開。

蚩尤就像是貓在戲弄著已經在他爪下的老鼠，細細欣賞著青陽和少昊的表情。

阿珩衝蚩尤說：「夠了，我跟你走！」

她把昌意抱到青陽面前，對青陽說：「如果拿不到河圖洛書，回去沒有辦法和父王交代，我就隨蚩尤去神農走一趟。」

阿珩一直微笑著，就好似青陽根本不會用妹妹去做交換，這完全是她自己的決定。少昊十分理解阿珩此時的微笑，好像只要堅強的微笑，就不會難過。

阿珩走向了蚩尤，少昊突然叫：「阿珩！」

阿珩停住了步子，疑問地回頭。

暗夜裡，阿珩的一雙眼睛亮如星子，少昊想起了高辛的河流裡飄著的點點星光——那些他要去守護的星光。

已經在舌尖的話被用力吞了下去，他滿嘴的無奈和苦澀，笑容卻越發輕柔，「路上保重，幾日後我派侍衛去接妳。」

阿珩也笑了，笑容中她回轉了頭，腳步越來越快，走到了蚩尤身邊。

蚩尤左右手同揚，兩半玉卵各自落在了青陽和少昊手裡。

青陽瞟了眼少昊，命朱萸駕馭著重明鳥飛向東北方。

少昊估量了一下自己的傷勢，馭著玄鳥飛向了東南。

祝融恨得磨牙的聲音都清晰可聞，不敢去追少昊，跳上畢方鳥就要去追青陽。

阿珩立即駕馭阿獙擋在了祝融面前，一邊用駐顏花在空中架起一堵厚厚的桃花牆，一邊對蚩尤揚聲說：「別忘記你的許諾。」

阿珩不提許諾還好，她一提，蚩尤就想到她這幾日虛假的甜言蜜語，曾經有多快樂，現在就有多憤怒，他冰冷地說：「我當然沒有忘記自己的許諾，我許諾的是用妳交換，沒有許諾交換完後祝融不可以再去奪回來。」

阿珩的傷心失望全變成了悲痛絕望，這個男人是她克服了重重困難，小心翼翼地把一顆心交付的人，是她不惜和命運抗爭，努力要在一起的人，是她以為無論生死、無論榮辱、無論禍福，都會信她、愛她、護她，和她不離不棄的人。

「你真就這麼恨我？難道你除了野獸的多疑和凶殘外，就沒有一點人的信任和仁慈了嗎？」就在前一日，他還在對她反覆吟哦著海一般的深情，可轉眼間，一切都沒有了。

先是青陽和少昊的遺棄，再是蚩尤的背棄，阿珩一瞬間心灰意懶，不管不顧地撲向祝融，阻止他去追擊重傷的哥哥們。

祝融在阿珩的左前方，當他發現蚩尤因為阿珩心思煩亂、舉動失常時，就開始另有打算。他借助大火的掩蓋，悄悄彈了彈手指，幾點微不可見的小小冥火無聲無息地飛向阿珩。火光耀眼，阿珩的身體又恰好擋住了冥火，蚩尤看不到冥火，只看到阿珩全身飛出無數冰蠶絲，蓋住了祝融的地火。

阿珩凌空躍起，似乎想要攻擊祝融。蚩尤知道阿珩根本不是祝融的對手，站在原地動都沒有動，只空中長出幾條綠色的藤條，捆住了阿珩，阻止她進攻祝融。

后土在阿珩右前方，突然間驚駭地看到祝融竟然使用了能焚化萬物的幽冥之火，已經近到阿珩胸前。阿珩雖然發現得晚，可也還來得及閃避，因為冥火的威力雖然恐怖，但有一個致命的缺陷就是速度慢，當阿珩凌空躍起想避開冥火時，后土剛鬆了口氣，卻更驚駭地看到阿珩被蚩尤的藤條捆住，無法躲避，乍一看，就好像蚩尤和祝融配合著想要阿珩的命。

后土急急出手，在阿珩身前迅速凝聚起一個土盾，卻終究是晚了一步，大部分的冥火都被擋住，只有一點冥火穿過土霧，飛進了阿珩的肩頭。只有一點，可那是火，星星之火就足以燎原，何況是祝融精煉了上千年的冥火。

蚩尤一直遙遙站在後面，不明白發生了什麼事情，可看到后土突然間驚恐地釋放出全部靈力，豎起土盾牌，保護阿珩，而祝融一臉得意，他心想，糟了，肯定有什麼不對，立即解開藤條。

阿珩的整個肩膀變得火紅，她捂著肩膀，慘笑著回頭看了蚩尤一眼。

那一眼，有椎心刺骨的冰寒、萬念俱灰的絕望。

蚩尤心裂膽寒，所有因為阿珩欺騙而生的失望、憤怒、悲傷，都不重要了，急急地飛奔過來。

阿珩駕馭著阿獙左衝右撞，想飛出祝融的火圈圍困，烈陽噴出鳳凰玄火攻擊著祝融。霎時，又是祝融的地火，又是烈陽的鳳凰玄火，兩火交戰，火星四濺，天地一片通紅。

可其實，祝融的目的並不是阿珩，他早已料到蚩尤會因為阿珩受傷而心神震動，趁著四周一片混亂，明裡攻擊阿珩，牽引住蚩尤的注意，暗中卻放出了幽冥之火，去偷襲蚩尤。只要殺死蚩尤，他通向王位的路就徹底沒有障礙了，河圖洛書日後可以慢慢設法取回來。

蚩尤全速向前衝，冥火在漫天火光的掩飾下，悄無聲息地飛向蚩尤。

冥火的速度慢，可蚩尤的速度卻快若閃電，一個起落間就已經接近了冥火，祝融激動得全身都在發抖，這個殺不死的蚩尤終於要死了！

后土看出了端倪，心中一猶豫，就沒有出手阻止，只袖手旁觀。

阿珩的一顆心冷到冰點，腦海裡反倒一片空白的清明，清晰地看著那點點冥火藏在無數地火的火星中偷偷襲向蚩尤。

她根本沒有考慮，就縱身一躍，飛擋在蚩尤身前，數點冥火飛入她的五臟六腑。

一向自制的后土失聲驚叫，幽冥之火不僅會燒光整個肉體，還會燒滅靈識，一點已經難以阻擋，何況這麼多？他一念之間的自私竟然要害死對他恩情深重的妭姐姐。

蚩尤不明白后土在驚叫什麼，等看到阿珩的背脊透出點點紅光，才明白了是怎麼回事。

祝融一擊不中，知道已經再沒機會，對共工招呼了一聲，立即駕馭坐騎去追趕青陽。

蚩尤顧不上祝融，和后土一前一後追在阿珩身後。蚩尤叫：「阿珩，快點停住！」

后土也不停地叫：「妭姐姐，妭姐姐，妳停下，讓我用靈力幫妳先壓住冥火，我們再立即去高辛的歸墟。」

阿珩被燒得暈暈乎乎，腦中胸中都激蕩著悲傷，聽而不聞，只知道讓阿獙拚命飛，用力地飛，此生此世，她不想再見到蚩尤。

蚩尤捲起了大風，想抓回阿珩。

阿珩催動全部靈力，用駐顏花築起一道桃花屏障，與蚩尤的風對抗。

冥火沒了靈力的壓制，從肩膀和胸部迅速向全身蔓延，阿珩的整個身體都透出紅光來。

蚩尤滿面恐懼，不敢再抓阿珩，求她，「阿珩，不要再動用靈力了，一點都不要動！」

蚩尤和后土不敢步步緊逼，只能跟在阿珩身後。阿珩感覺到五臟六腑之間都好像沸騰了，椎心噬骨的疼痛熊熊燃燒著，她站在阿獙背上搖搖欲墜。

蚩尤給后土打了個眼色。

蚩尤說道：「阿珩，妳騙就騙吧，我不生氣了，我不在乎，就是虛情假意我也要！」

他不提此事還好，他一提，阿珩只覺悲憤交加，回身把駐顏花扔向蚩尤，淒聲說：「自從相逢，你一追再追，口口聲聲，寧肯血濺衣衫，只要我眼裡有你，寧肯血漫荒野，只要我心中有你。我眼裡有了你，心中有了你，可你眼裡、心中可曾真正有過我？我告訴你，從今而後，你我恩斷情絕，我會徹底忘記你，若我眼裡還有你的影，我便剜去我的眼，若我心中還有你的人，我便毀掉我的心！」

后土抓住阿珩說話、注意力分散的機會，立即出手。

阿珩突然發現自己的身體一動不能動，整個身體被黏土緊緊包著，變成了一個陶俑。阿獙也被土靈束縛住，懸浮在半空，不能動彈。

蚩尤讓逍遙去接阿珩，卻突然發現他們一逃兩追間，不知不覺中已經飛到日落之地。阿珩的下方不是虛空，而是吞噬一切的虞淵，即使以鯤鵬的大膽也不敢飛進虞淵。

阿珩感受到冥火燒到了她的心臟，即使被封在陶俑中，也痛苦得在全身顫抖。

蚩尤心急如焚，讓逍遙盡量飛得距離虞淵近一點，想用藤條把阿珩拉回來。

隔著虞淵上空的黑色霧氣，蚩尤與阿珩眼神相觸，他看到了阿珩眼中的決絕孤烈，忽然間遍身寒氣。

三日前，阿珩對他唱著山歌，接過他的駐顏花時，是一心一意，可她傷透了心，扔還他駐顏花時，也是一心一意。

身體裡的冥火燒著阿珩的五臟六腑，炙心噬骨，好似要讓她為自己的輕浮、輕信付出最痛苦的代價，可是這麼多年的溫柔纏綿是蝕骨銷魂的快樂——她不後悔！

當她在小月頂上，許諾桃花樹下不見不散，約定了今生時，就決定了不管日後發生什麼，都不後悔！

她不後悔愛過蚩尤，她只是決定，從今日起，要徹底忘記他！

「阿珩，我一定能救妳。」蚩尤的藤蔓就要裹住阿珩。

她最後深深看了他一眼，閉上了眼睛，猛地一用力，整個身體直直地從阿獙背上掉下，蚩尤的藤蔓落空。

「阿——珩——」

蚩尤撕心裂肺地淒聲慘叫，不管不顧地從逍遙背上躍過去，想拉住阿珩。

兩人像流星一般，一前一後，迅疾墜落。

終於——

他用藤條拉住了阿珩，可虞淵上空濃稠的黑霧已經纏繞住了阿珩的頭，拉扯著阿珩向下陷去。

蚩尤用盡全部靈力抓著阿珩，藤條斷一根，他就拚盡靈力再生一根，可他的靈力根本難以和虞淵對抗，自己也被帶著墜向虞淵。逍遙的雙爪抓著蚩尤，身形突然脹大，搧動雙翅，拚命向上飛，捲得整個天空都颳起了颶風。

逍遙一次振翅，能扶搖直上幾千里，可此時，牠拚盡全部力量也拉不起蚩尤，阿珩的身體被吞沒到腰部，蚩尤也被一點點拉著接近了虞淵，連帶著逍遙也被墜了下去。

逍遙一邊本能地對生充滿渴望，一邊卻無法捨棄似父似友的蚩尤，只能昂起了脖子，對著天空發出哀鳴，無奈地任由死亡一寸寸迫近。

烈陽不顧逍遙搧起的颶風，強行衝了過去，用嘴叼著逍遙頭頂的羽毛，拚命把逍遙往上拉，太過用力，牠的嘴連著逍遙的頭都開始流血。

被定在高空的阿獙也想衝過去幫忙，可是牠叫不出，也動不了，兩隻眼睛開始掉淚，隨著阿珩的身體被虞淵一點點吞噬，牠的淚水越流越多。

后土一直用足靈力幫阿珩封鎖幽冥之火，可是當阿珩被虞淵吞噬過腰部時，他突然發現已經感受不到一點阿珩的氣息，土靈封鎖的陶俑內生機全逝，阿珩已經被冥火燒死！

那個在他最無助時，保護過他，鼓勵過他的妭姐姐死了！那個讓他變成了今日后土的妭姐姐死了！那個他曾無數次暗暗發誓等他成為大英雄，一定會報答的妭姐姐死了！

后土失魂落魄，呆若木雞。

黑霧就要捲到蚩尤，后土突然驚醒，撤去了附在阿珩身上的靈力，對蚩尤大喝：「放手！妭姐姐已經死了！」

蚩尤身子巨顫了一下，不但沒有鬆手，反而惡狠狠地咬破舌尖，用心頭血滋養著藤蔓，更用力地把阿珩往上拉，可他的靈力根本無法和整個虞淵的力量對抗，他越用力，自己就越往下墜。

后土悲聲大叫：「她死了，她已經死了，你抓著她也沒用了！」

「你抓著她也不可能再救活她，只會害死自己！」

「蚩尤，你瘋了嗎？你知不知道你抓著的是個死人？」

「妭姐姐既然救了你，你就不能現在死！」

……

蚩尤一言不發，似乎什麼都聽不到，只是用力抓著阿珩，眼睛一眨不眨地盯著阿珩，眸中是瘋狂的絕望和沉重的悲傷。

無論后土如何叫，如何勸，蚩尤就是不承認阿珩已經被燒死，固執地抓著阿珩，堅決不肯鬆手，后土意識到，蚩尤不可能讓阿珩從他手中墜入永恆的黑暗。

第一次，他對被他們叫做禽獸的蚩尤有了不同的認識。

眼見著蚩尤也要沒入虞淵，后土猛然凝聚全身靈力，揮出一道土柱，擊打在蚩尤的後腦杓上。

蚩尤昏厥的瞬間，藤條斷裂，逍遙終於拉起了蚩尤，立即向著高空逃去。烈陽滿嘴鮮血，驚喜地剛要叫，卻發現只有蚩尤被拉起，黑漆漆的虞淵上已經看不見阿珩。

烈陽悲鳴著，一頭衝進虞淵，轉瞬間，一點白色就被黑暗徹底吞噬。后土連阻止都來不及。

后土本想解開阿獙的束縛，看到烈陽這樣，立即不敢再動，只能慢慢收力，把阿獙拉了過來。

阿獙盯著虞淵，喉嚨裡啊啊地嘶喊著，牠的阿珩，牠的烈陽……牠也想衝下去，可是牠一動不能動，只能絕望地一直哭，一直哭，淚水慢慢變成了血水，紅色的血淚一大顆又一大顆湧出，把束縛著牠的黃土全部染成了血紅色。

后土站在半空，默默地望著黑霧翻湧的虞淵，神情寧靜，卻一直不肯離去，前塵往事都在心頭翻湧。

那時，他還是個膽小懦弱的孩子，因為母親是低賤的妖族，他總是被其他孩子欺凌羞辱，他太自卑，太怯懦，不敢反抗，只知道默默哭泣，從來沒有人理會他，連師傅都嫌棄他笨手笨腳，動不動就喝斥他，只有那個溫柔愛笑的青衣姐姐會替他擦眼淚，會為了他去打架，會說「誰打了你，你就去打回來，你可是個男子漢」，會暴怒地叫「妖族怎麼了？我見過無數大英雄都是妖族，別把自己的膽小沒用推到母親身上」。

他還沒有來得及告訴她，無數個遍體傷痛的冰冷黑夜，他就是靠著一遍遍回憶著她的話，一遍遍告訴自己，一定會成為令人尊敬的大英雄，才能第二日挺起胸膛，走進充滿著鄙夷目光的學堂。

很久後，后土的眼中忽地滾下了一串淚珠，隨著眼淚他開始抽泣，慢慢地哭聲越來越大，傷心得連站都站不穩，蹲在化蛇[1]背上放聲痛哭，像很多很多年前一樣地嚎啕哭著。

只是，再沒有一個青衣姐姐走過來，抱住他，溫柔地擦去他的淚水。

因為虞淵的可怕，沒有任何生物敢接近這裡，整個天空安靜到死寂，只有后土的哭聲響徹天空。

逍遙在高空輕輕搧動著翅膀，俯瞰著后土和阿獙，爪子上抓著昏迷的蚩尤。

縱橫天地、唯己獨尊的鯤鵬第一次約略懂得了失去之苦，隱隱約約中意識到有些束縛是心甘情願的牽絆，有些痛苦是甘之若飴的幸福。就如牠可以一搧翅就飛過九天，一擺尾就遊遍四海，

1.《山海經》中記載的蛇，能飛翔、能招水，「人面豺身，有翼，蛇行，聲音如叱呼，招大水。」

卻衝不破蚩尤的一聲呼喚。

而如今蚩尤親手把阿珩逼死，失去了他心甘情願的束縛，甘之若飴的痛苦。

蚩尤醒來時，會怎麼樣？

東邊的天空漸漸亮了，虞淵的黑霧開始變淡，又是新的一天，可是，一切都不一樣了。

第十八章 不思量，自難忘

兩百年！她已經死了兩百年！
蚩尤強壓著的淚意終是湧進了眼眶，滴落在桃花樹幹上，
氤濕了斑斑駁駁的「蚩尤」。
即使傾倒五湖四海、尋遍八荒六合，他都無法再彌補她一絲一毫。

白雲蒼狗，世事無常，悠悠時光看似漫長，不過是白駒過隙，忽然而已。

曾經鮮衣怒馬的少年，已臥黃土隴中，曾經容顏如花的少女，已是枯骨一堆，那些恩恩怨怨的悲歡離合都只變成了街角巷尾，人們打發閒餘時間的故事，即使最跌宕起伏的傳奇，在一年又一年的時光中，也漸漸失去了色彩，消泯於風中。只有那山坡上的野花爛漫無主，自開自落，自芳自華，年年歲歲、歲歲年年都絢爛繽紛。

這一年是八世炎帝榆罔登基後的第二百零三年，大荒的人早已經忘記了七世炎帝，神農氏遍嘗百草、毒發身亡的故事只變成了一個似真似幻的傳說。

軒轅國的都城軒轅城，位於軒轅山的東南，被高低起伏的群山環繞，建城只有一千多年的歷史，城池並不大，可規畫整齊，小而精緻，又因為是一座山城，易守難攻。

在軒轅城的酒肆中，一個背著三弦、一臉苦相的六十來歲的老頭，陪著笑，一桌又一桌地問：「客官聽個曲子嗎？」

酒客們抬起頭看他一眼，都嫌棄地擺擺手。

靠窗的桌上坐著一個神情冷漠的紅袍男子，身形偉岸，五官剛硬，面容卻有一種病態的蒼白，不過二十來歲，兩鬢已經斑白，滿是風塵滄桑。

「客官聽支曲子吧，故事也行。」

男子凝視著窗外，頭未回，只隨手給老頭扔了一串錢，揮手讓他離去。

一個胖胖的商賈見狀，忙說：「喂，老頭，錢都收了，給我們講段故事。」

「不知客官想聽什麼？」

「隨便講，好聽就成。」

老頭坐下，彈撥了幾下三弦，清了清嗓子，「那小老兒就講一段蟠桃宴的故事。傳說在很久以前，玉山的王母每三十年舉行一次蟠桃宴，可以吃蟠桃，飲玉髓，臨走還有寶物相贈，可謂是天下盛事。王母邀請的都是神族、妖族、人族的大英雄，玉山又高萬仞，一般人根本上不去，我們這些普通人只能聽一聽故事。」

酒店裡的客人們都停下了筷子，看著老頭，胖商賈很權威地說：「的確如此。我聽太爺爺說過。太爺爺幼時曾見過神族，是神族的朋友親口告訴他的。可惜後來王母不再舉行蟠桃宴，要不然說不定他還能拜託他神族的朋友幫他偷個蟠桃，他也就不用那麼早死了。」商賈好似覺得自己說了很好笑的話，哈哈大笑起來。

眾酒客七嘴八舌地問：「王母後來為什麼不舉行蟠桃宴了？」

老頭捋了捋山羊鬍子，說道：「兩百多年前，神族發生了一件驚天動地的大事，神農族的七世炎帝仙逝，八世炎帝榆罔在督國大將軍蚩尤的輔助下登基。據說炎帝仙逝的消息傳到玉山，連蒼天都捨不得讓炎帝走，四季如春的玉山竟然下起了鵝毛大雪，整個玉山變得銀白一片，千年不謝的桃花全部凋零，沒有了桃花自然結不出蟠桃，沒有了蟠桃，這蟠桃盛宴自然也就取消了。」

酒客們唏噓感嘆，「玉山飛雪，看來那個炎帝真是個好人。」

胖商賈卻說：「有什麼好的？就是因為他害得大家都沒了蟠桃吃，也不知道什麼時候玉山上的桃樹才能又結蟠桃。老頭兒，再講一段。」

老頭倒不計較，撥著三弦，思量了一會，徐徐開口，「那小老兒就再講一段神農族和軒轅族的祕聞。神農和軒轅自從兩百多年前開戰，一直打到了今天，戰事連綿，雙方互有死傷，軒轅族的三王子戰死，神農族的祝融重傷，至今仍在閉關休養中。」

胖商賈不耐煩地說：「這算什麼祕聞？天下皆知的事情！」

老頭不慌不忙地道：「可是據小老兒所知，祝融重傷是另有原因。」

「老頭快說！別賣關子！究竟是誰傷了祝融？」酒客們聽得入神，頻頻催促。

老頭笑呵呵地說：「祝融其實不是被軒轅族所傷，而是被后土所傷。」

「什麼？」

大家驚叫，老頭很滿意這個效果，不慌不忙地彈撥著琴弦，「具體原因，小老兒也不清楚，只知道在兩百年前，后土突然孤身一人闖入了祝融大軍駐紮的營地，重傷祝融，祝融的靈體差點被打散，以至於休養了兩百多年還沒好。」

「那炎帝能答應嗎？祝融的家人只怕要恨死后土了，肯定要求炎帝嚴懲后土。」

「祝融的家人其實應該謝謝后土。」

「老頭，你老糊塗了吧？都快把人打死了，還要感謝他？」

老頭子嘿嘿一笑，「如果祝融不是被后土打成重傷，藉此進入了神農山的古陣中療傷，只怕他要麼已經被蚩尤殺死，要麼就被昌意和昌僕率領的若水精兵暗殺。小老兒聽說，祝融重傷被封入祕陣後，蚩尤仍不肯甘休，發瘋一般攻擊古陣，想要衝進去殺了祝融，炎帝調遣了幾百神將都無法攔阻，後來炎帝苦求蚩尤，好像是因為破壞了古陣就會損毀歷代炎帝的陵墓，蚩尤才因為和前代炎帝的師徒情誼，暫時放棄。還有人說，昌意和昌僕帶了一隊若水精兵夜襲神農，來無蹤去無影，一夜之間暗殺了神農族十八名神將，以至於整個神農人心惶惶，神族將士們日夜不敢合眼，生怕今夜閉眼，明日就再沒機會睜開。」

酒客們大笑，紛紛搖頭，「老頭兒為了騙酒錢開始亂編了，我們軒轅的四王子是大荒中出了名的好脾氣。」

胖商賈忽然說：「聽我的太爺爺說，當年神族中曾暗裡謠傳軒轅王姬被神農族的人害死了。」

酒客不屑地反問：「那現在高辛的大王子妃是誰？人家不是好好地在五神山嗎？」胖商賈不好意思地笑，「所以說是謠傳啊！」

一位有幾分見識的高辛酒客問道：「姑且不提昌意刺殺祝融是否真有其事，蚩尤雖然暴虐凶殘，卻絕不是個瘋子，他又是為什麼要殺祝融？為什麼連炎帝都無法勸阻？」

酒肆突然陷入了死一般的寧靜，眾人一直在刻意忽略著蚩尤這個等同於死亡的名字，心底卻又帶著恐懼的好奇。

一個剛跟隨父親跑船的高辛國少年初生牛犢不怕虎，說道：「老爺爺，您給我們講段蚩尤的故事吧！」

老頭兒對少年點點頭，輕撥著三弦琴，調子叮叮咚咚，很是歡快，「諸位聽說過神農的九黎族嗎？」

少年說：「我知道！出英雄的氏族，神農國的好幾個猛將都是九黎族人，蚩尤就是九黎族的。」語氣中隱含敬仰畏懼。

老頭彈著三弦，「六百多年前，九黎被叫做九夷，是賤民，男子生而為奴，女子生而為婢，因為低賤，連服侍神族的資格都沒有，只能供人族驅使。」

酒客們都難以置信地瞪著老頭，英雄輩出的九黎是賤民？

老頭瞇著眼睛，似在回憶，「這般的狀況直到蚩尤出現才改變，傳說他和神族打了上百年，逼迫神族取消九黎的賤籍。前代炎帝十分仁厚，不但沒有怪罪蚩尤，反而收了他做徒弟，如今的炎帝登基時，蚩尤受封督國大將軍，但那個時候神農國內的大小神族都不服他，把他當笑話，常背後辱罵他，甚至說他活不過三年。可這兩百年來，他們在蚩尤面前漸漸變得連大氣都不敢喘，生怕一個不小心就橫死……」

老頭停住了，眼中暗含畏懼，只是撥著三弦，樂聲淒傷，酒客們也難得的不催促，一個個都沉默著。幾個神農族的人更是面色發白，眼中隱有恐懼。

好半晌後，老頭的蒼涼聲音才響起，「由於蚩尤和神農的貴族一直關係不和，兩派鬥爭激烈，蚩尤用血腥手段消滅異己，改革朝政，神農國有八十七戶被滅門，神族、人族、妖族無一能倖免，受極刑而死的就有五千三百九十六人！據說神農的大王姬雲桑本來站在蚩尤一方，在蚩尤勢弱時，曾對蚩尤百般袒護，可畢竟她也是貴族，無法接受蚩尤的酷厲手段，企圖聯合后土壓制蚩尤，被蚩尤察覺後，竟然一點不念舊情，把王姬的心腹一一誅殺，逼得大王姬在紫金頂上當眾發下毒誓，不再干預朝政，否則日後屍骨無存。」

老頭兒唏噓感嘆，「蚩尤此人可謂真正冷血無情，被神農諸侯視作惡魔，不過他在民間倒不全是惡名，大概因為他肯以禮相待那些賤民草寇，少年兒郎們不但不怕他，反而都把他視作大英雄，希望有朝一日能像蚩尤手下的將軍們一般，憑一身才華建功立業、名震大荒。」

高辛的少年用力地點點頭，興奮地說：「如果高辛有個蚩尤就好了，我就不用跟著父親跑船，也許可以去朝堂內謀個一官半職，領兵出征。」

少年的父親咳嗽了幾聲，低聲斥責，「胡說什麼？我們的身分不要痴心妄想！」

少年神色沮喪，可畢竟是少年人，一瞬後，又興高采烈地說道：「有一次我們一群朋友爭論蚩尤、少昊、青陽誰更厲害，吵得差點打起來，賣酒的大娘打趣說『三句話就可以講盡大荒的三位英雄——少年們都想做蚩尤，少女們都想嫁少昊，父母們都想有個青陽做兒子』。」

酒客們想了想，覺得竟是十分貼切。哪個少年不張狂，誰不想和蚩尤一樣封侯拜將，縱馬山河、肆意妄為？哪個少女不懷春，誰不想有個少昊一樣的夫婿，風華絕代、名重天下、情深意重？哪對父母不渴望兒子像青陽一樣出息能幹、恭敬孝順？

老頭捋了把山羊鬍，含笑道：「不管神農人對蚩尤是讚是罵，反正現如今蚩尤掌握了神農國一半的軍隊，他哼一聲，整個神農都要顫一顫，可謂是真正的督國大將軍。」

酒肆的老闆搖搖頭，長嘆一聲，「蚩尤的軍隊就是我們軒轅的噩夢。」

酒肆裡剛剛輕鬆一點的氣氛又消失了，連胖商賈都無聲地嘆了口氣。

少年不解，連連問：「為什麼？為什麼？」

老頭兒的三弦琴聲高昂急促，好似黑雲壓城，城將破，逼得人心不安，琴聲中，老頭兒的聲音沉重壓抑：「蚩尤只親自和軒轅打了一仗，八十二年前的大時山之戰，軒轅族殺了蚩尤麾下的靖將軍，蚩尤率軍攻打大時山，宣布要麼投降，要麼被屠城。可大荒人都知道軒轅士兵堅韌不拔、驍勇善戰，他們當然不肯降，與蚩尤死戰。城破後，蚩尤下令屠城。」

老頭兒手抖了抖，樂聲忽停，在座的酒客多是軒轅國人，都聽說過此戰，低頭沉默著。

寂靜中，老頭的聲音響起，「一次戰役！只一次戰役！十二萬人被殺！九萬多是平民！從此蚩尤的名字成為了軒轅百姓的噩夢！」

酒肆中的酒客們都不說話，只高辛的少年還惦記著蚩尤要殺祝融的事情，「老爺爺，是因為蚩尤維護我們這樣的人，而祝融保護那些官老爺們，他才要殺祝融嗎？」

老頭愣住，少年叫：「老爺爺？」

「哦！」老頭子定了定心神，邊思量，邊說道：「也許這才是最根本的原因，祝融和蚩尤代表著不同人的利益，兩邊水火不相容，傳說中的祕聞只不過是個導火線。」

「什麼祕聞？」少年緊張地問。

老頭將手放在嘴邊，刻意壓著聲音，卻又讓所有人都能聽到，「傳聞祝融殺了你們高辛的大王子妃，蚩尤是為她報仇。」

少年失望地嚷，「老爺爺，你騙人！」

酒客們哄堂大笑，因為蚩尤帶來的壓抑一掃而空。

老頭子笑著朝眾位酒客行禮告退，「一段佐酒的故事而已，聽個樂子。」背起三弦琴，一邊走，一邊搖頭晃腦地哼唱，「真做假時假亦真，假做真時真亦假，真真假假皆是相，假假真真都是空……」走出酒肆，他隨意回頭，看清了窗邊的紅衣男子，霎時驚得呆住。幾百年前，博父山下，那個男子就是這個樣子，幾百年後依舊如此。他當年自負修為，看出了青衣女子來自神族，激她出手滅火，卻一點沒看出男子有靈力，可見男子的靈力早已高深莫測。

山羊鬍老頭轉身又進了酒肆，走到紅衣男子身邊，恭敬地行禮，「沒想到故人能重逢，那位西陵姑娘可還好？」

紅衣男子沒有搭理他，手中的酒盅顫了一下，老頭又笑問：「小老兒當年眼拙了，敢問公子大名？」

紅衣男子回頭，淡淡看著老頭，輕聲吐出兩個字，「蚩尤。」

山羊鬍老頭踉蹌著後退，一屁股軟坐在地，駭得臉色慘白，呆了一瞬，連三弦都顧不上撿，連滾帶爬地往外逃，酒肆裡的客人們縱聲大笑，「這老頭幾杯酒就喝醉了！」

滿堂歡聲笑語，斯人獨坐。

蚩尤端著半杯酒，凝望著西邊。正是日落時分，天際暈染著一層又一層的彩霞，橙紅靛藍紫，絢爛如胭，華美似錦，他眼中卻是千山暮雪、萬里寒雲。

他一口飲盡杯中酒，向外行去，等行到僻人處，喚來逍遙，飛向九黎。

今日是阿珩的忌辰，每年的這一天，他都會來虞淵一趟，祭奠完阿珩後再去九黎住一晚。

逍遙的速度更快了，不過盞茶工夫，就到了九黎。

蚩尤走進桃花林間的竹樓，默默地坐著，月色如水一般灑在竹臺上，鳳尾竹聲瀟瀟，他左手的指間把玩著駐顏花，右手拎著一大龍竹筒的酒嘎，邊喝酒邊望著滿山坡的桃花。

山中四月天，滿坡桃花開得雲蒸霞蔚、繽紛絢爛，可桃花樹下，早沒了赴約的人。

半醉半醒時，蚩尤踉踉蹌蹌地拿出幾百年前從玉山地宮盜出的盤古弓，用盡全部靈力把弓拉滿，對著西方用力射出，沒有任何動靜。

他已經拉了兩百年，這把號稱不管天上地下都能讓自己和所思之人相會的弓卻從來沒有作用。

蚩尤不肯甘休，不停地拉著弓，卻怎麼拉都沒有反應。每一次都全力而射，即使蚩尤神力高強也禁受不住，無數次後，他筋疲力竭，軟坐在地上。

蚩尤舉起龍竹筒，將酒液嘩嘩地倒入口中。

遠處有山歌遙遙傳來：

送哥送到窗戶前，
打開窗戶望青天，
天上也有圓圓月，
地上怎無月月圓？
勸哥不要昧良心，
一更起風二更息，
寅時下雨卯時晴，
翻起臉來不認人！

蚩尤手裡的龍竹酒筒掉到地上，不自禁地凝神聽著，歌聲卻消失了。

「阿珩！」

阿珩，是妳在責怪我嗎？他躍下竹樓，踩著月色，踉踉蹌蹌地向著山澗深處走去。

越往山中走，桃樹越多，落花繽紛，幾如下雨。朵朵片片，落在肩頭臉上，沒有打濕人衣，卻打濕了人心。

「阿珩，阿珩，妳在哪裡？」

蚩尤不停地叫著，可無論他怎麼叫，桃花樹下都空無一人。

只有，冷風吹得桃花雨一時急、一時緩，紛紛揚揚，落個不停，猶如女子傷心的淚。

蚩尤的酒漸漸醒了，阿珩永不會來了。

他痴痴而立，凝視著眼前的桃樹，年年歲歲花相似，歲歲年年人在何處？

月光從花影中灑下，照得樹幹泛白，蚩尤緩緩走近，卻看樹幹上密密麻麻寫著「蚩尤」二字。

阿珩離去後第二年的跳花節，他穿著她為他做的紅袍，在桃花樹下等待通宵，醉臥在殘花落蕊中，悲痛中竟然遷怒桃花樹，舉掌要毀掉桃樹，無意中瞥到樹幹上密密麻麻都是小字，凝神細看，竟然是無數個「蚩尤」。

玉山六十年的書信往來，他一眼認出是阿珩的字跡，看到熟悉字跡的剎那，他心臟猶如被尖刀所刺，窒息地抽痛，字跡猶存，人卻已不在。

滿樹深深淺淺的蚩尤，都是她等待的焦灼和無望。

足足幾百個蚩尤，一筆一畫都是情，一刻一痕都是傷，她當日究竟等了多久？又是懷著怎樣的絕望離去？

蚩尤閉起了眼睛，手沿著字跡一遍遍摸索著，似乎想穿透兩百多年的光陰告訴那個兩百多年前站在樹下的女子——他的痛苦和相思。

一遍又一遍摸著，掌心滾燙，卻溫暖不了冰冷的字。

蚩尤的手摸到一行小字，身子抖了一下，神色痛苦，明明早把話銘刻在心，卻好似要懲罰自己，反倒更用心地去辨認一個個字。

是一行用玉簪子劃出的小字，潦草凌亂，可見寫字時阿珩的傷心憤怒。

「既不守諾，何必許諾？」

阿珩從未失約，失約的一直是他！

她信他、愛他、護他；他卻疑她、恨她、傷她！

蚩尤眼前無比清晰地浮現出阿珩的音容笑貌，她半嗔半怒地盯著他。

蚩尤臉貼在樹幹上，淚濕雙眸，幾難自持。

他像山中的每隻公獸一樣，在擇定了配偶後，把最美的鮮花和最好吃的野果獻給她，甚至不惜為了保護她而戰死，但愛越重，忌越深，他害怕阿珩要的不是這些，擔心阿珩不懂得他緊張地捧上的鮮花和野果是什麼，會辜負他，卻不料，她比他更懂得一朵鮮花、一個野果的意義，她看到了他的心，也珍視他的心。

最終，竟是他辜負了她。

蚩尤的手緊緊摁著她寫的字，似乎還想感受她指尖的溫暖、髮間的清香。可是，沒有絲毫她的氣息。

兩百年！她已經死了兩百年！

蚩尤強壓著的淚意終是湧進了眼眶，滴落在桃花樹幹上，氤濕了斑斑駁駁的「蚩尤」。即使傾倒五湖四海、尋遍八荒六合，他都無法再彌補她一絲一毫。

萬里之外，日出之地——湯谷。

不同於日落之地虞淵，終年黑霧瀰漫，湯谷的色彩清新明亮。向東而去，碧波一望無際，隨著微風輕輕蕩漾，九株巨大的扶桑樹[1]長在水波中央，樹冠比山還大，枝頭開滿了火紅的扶桑花，遠遠望去，就像一片碧綠上浮著一團團紅雲。

在碧綠和火紅間，突兀地有一點白色、一抹藍色。

白衣男子坐在扶桑樹幹上，撫著琴，猶之惠風，荏苒在衣。藍衫男子舞著劍，行神如空，行氣如虹，片片雪花從他的劍端流瀉出，身周冰雪瀰漫，而他的面容比冰雪更冰冷。

這兩個男子就是名滿大荒的少昊和青陽。

隨著劍勢，雪花越飄越急，溫度越來越低。

一套劍舞完，少昊立即跳起，急急去拿酒罈，往琉璃杯中斟了半杯，喝了一口後，連聲稱讚，「好，冰鎮得恰到好處！」說著，把另一杯葡萄酒遞給了青陽。

青陽喝了一口後，淡淡說：「多了點澀味，回味後反添餘香，你釀酒的技藝越發高明了。」

少昊很滿意，「別人都沒喝出，若論品酒，你若排第二，無人敢排第一。」

1. 扶桑，長於日出之地湯谷的神樹。《楚辭・九歌・東君》：「暾將出兮東方，照吾檻兮扶桑。」王逸注：「日出，下浴於湯谷，上拂其扶桑，爰始而登，照曜四方。」

「我連在軒轅家都排不了第一，阿珩才……」青陽頓了頓，淡然自若地接著說完，「阿珩自小嗜酒，別人花費時間練功時，她已琢磨著如何偷酒了，舌頭被養得刁鑽靈敏。」

少昊的笑容也是一滯，沉默地給他斟滿酒，青陽一口飲盡。

青陽問：「你父王最近有什麼反應嗎？」

「大荒的流言都傳了兩百多年，我父王會不知道真相嗎？他肯定早知道承華殿的王子妃是個假的了。」

「那你想怎麼樣？」

「他不問，我就裝糊塗吧！」

「你想裝糊塗，你那一群能幹的弟弟容不得你裝糊塗，遲早會鬧出事情，中容不是已經試探過好幾次了？王子妃纏綿病榻兩百年，終究不是什麼好事。」

少昊笑道：「你怎麼糊塗了？只要父王還打算和軒轅結盟，父王就不會讓他們捅妻子，即使那是個假的，也不會出任何差錯，等父王覺得軒轅沒價值了，即使是真的，也處處都是差錯。」

青陽說：「我聽說俊后在說服俊帝立神農族的女子為宴龍的正妃。」

少昊搖晃著手中的酒杯，笑著說：「我父王比較感情用事，因為當年登基的事情，對神農一直心懷芥蒂，還沒答應王后的要求，你要不想高辛和神農走近，反正你的正妃之位還空著，主動給榆罔示好，求娶神農族的王姬。雲桑已經心有所屬，你怕是娶不到了，還有個沐槿。」

青陽苦笑，「你想讓我兄弟反目？我父親都拿昌意那塊榆木疙瘩一點辦法都沒有。」自從阿珩死後，昌意至今都不和青陽說話，而且對黃帝明言，除非榆罔殺了祝融和蚩尤，否則休想他會和神農族和平共處。黃帝費盡心機才收服了若水，如今卻壓根不敢派若水的勇士上戰場。

少昊嘆道：「老實人發起脾氣來是一根筋，你父王縱然心有七竅，碰上了一根筋的昌意還是一點辦法都沒有！」

青陽拎起酒罈開始猛灌酒，今日又是小妹的忌辰，似乎只有酩酊大醉才能緩解一切。

少昊想勸卻無從勸起，自從阿珩死後，青陽已經從愛酒變成了酗酒。少昊默默看著青陽，忽而想起了兩千多年前，他第一次見到青陽時的情景。

那是一個炙熱的夏日午後，他坐在院中的槐樹蔭下納涼。

青陽嘴裡嚼著根青草，肩上扛著把破劍，大搖大擺地走進打鐵鋪，笑得比陽光更燦爛，嘻嘻哈哈地對他說：「兄弟，聽說你是這附近最好的打鐵匠，幫我修好這把劍，我請你喝酒！」

他瞇著眼睛看青陽，不明白這世間怎麼能有這麼肆無忌憚、熱情爽朗的燦爛笑容，那一瞬，他甚至有些嫉妒這個少年。

他幫青陽修好了劍，青陽請他喝了最劣質的酒，是他一輩子喝過最難喝的酒，當時他的一輩子才幾百年，還不懂人生中沒有最，只有更。

也許是因為他修劍的技術好，也許是因為他好糊弄，修劍不用付錢，幾杯濁酒就可以打發，青陽總是來找他修劍，後來也不知道怎麼地就變成了：青陽來找他修劍，他請青陽喝酒，臨走前再附送青陽一套衣服、一壺酒。

青陽不覺得有什麼不妥，他也不覺得有什麼不對，只有給他拉風箱的二憨子覺得青陽在占他便宜，提醒老闆要小心。

在他五百歲，也就是他的母親亡故五百週年時，父親又迎娶了兩個妃子，同時立宴龍的母親大常曦氏為正妃，他被傳召回去參加冊妃大典，他去了，從頭笑到尾，笑得比宴龍都開心。

當天晚上他駕馭著玄鳥一直往北飛，去追那顆最北的星星。幼時，每當他哭嚷著「要娘」時，乳娘就會攬著他，指著最北面的星星對他說：「看到了嗎？那就是你的娘親，她一直看著你呢！」

玄鳥不知道飛了多久，直到他靈力枯竭，才落下。

極北之地，千里冰封，萬里雪飄，連陽光都畏懼地躲開，他一人踽踽獨行，不知道該走向哪裡，也不知道他究竟在不甘心什麼。

風雪漫天而下，世界冰寒徹骨，漆黑中，他迷失了方向，靈力已經耗盡，唯一知道的就是不能停，停下就是死，必須一直走。並不覺得恐懼，因為從小到大，他就是這麼一路走過來的。可是，真孤單啊，好像這個世界只剩下了他一個。

正當他覺得風雪永遠不會停，漆黑無邊無際，路永遠走不到盡頭，想躺倒休息時，一點光閃爍在風雪中。他搖搖晃晃地掙扎過去，青陽全身上下裹著毛茸茸的獸皮，探著半個腦袋嘻嘻笑著說：「進來喝酒，風雪連天射冰狐，篝火熊熊喝美酒。」

美酒個頭！是比上次更難喝的劣酒，可他覺得很酣暢淋漓。

他沒有問青陽為何在此，青陽也沒有說，不過在那天晚上，他告訴青陽，「我的姓氏是高辛。」雖然他知道青陽已經知道，要不然人不會在這裡。

青陽嘴裡塞滿狐狸肉，一邊不停地嚼，一邊嘟嘟囔囔地說：「我的姓氏是軒轅。」翹著油膩的大拇指，很得意地指指自己，「我，軒轅青陽！」

令大荒色變的姓氏——高辛，在青陽眼裡無足輕重，只不過是一個和他的軒轅同等重量的標識。

少昊的心情剎那粲然，縱聲大笑，漫天暴風雪只不過是成就了他們的一場豪醉。當時，他們兩個都不知道，千年後，軒轅真的和高辛變成了同等重量。

幾百年後，軒轅族逐漸從一個默默無名的小神族變成了最強大的神族之一，而他的父親即將從王子變成俊帝。神農十萬大軍兵臨城下，他隻身仗劍擋在城上，連挑神農六十員大將，可神農仍然不肯退兵，而身後是已經生了異心的高辛軍隊。深夜，他正在偷偷療傷，青陽持劍而來，穿著和他一模一樣的衣袍，得意地笑著，「怎麼樣？是不是挺像？從現在開始，我也是高辛少昊。」

第二日，神農大軍驚恐地發現高辛少昊就像一個靈力永不會枯竭的戰神，他們自以為可以耗盡他靈力的車輪戰根本不管用，那一日，少昊連敗百人。第三日，當高辛少昊站在城頭，彈著長劍笑問「誰還想與我一戰」，靈氣充盈，絲毫不像是已經苦戰了兩日的人，神農軍心潰散，最驍勇的勇士也不敢應答。

當日夜裡，神農大軍趁夜撤退，高辛軍隊見勢頭不對，把企圖反叛的將軍擒下，獻給了少昊。兩個遍體鱗傷的人跌跌撞撞地衝進一個破落的酒館，一邊喝酒，一邊大笑。

青陽喝得暈暈乎乎時，向他炫耀自己有弟弟了，吹牛自己的弟弟長得是多麼多麼俊俏，多麼多麼聰明。

少昊大著舌頭說，天下嬰兒都一樣。青陽惱了，抓著他往回飛，溜進家裡把嬰兒抱出來，非要他承認這是天下最俊俏聰明的孩子，他不記得自己究竟有沒有說，反正他們兩個抱著嬰兒又去喝酒了。喝到最後，看到大街上兵來將往、雞飛狗跳，不明白怎麼了。酒店老闆唉聲嘆氣地說他們族長剛出生幾個月的孩子丟了，真不知道哪個殺千刀的幹這麼缺德的事情。他和青陽嗤聲譏笑，「真沒用，連自己的兒子都會丟，來，咱們繼續喝酒！」

喝著喝著，兩人面面相覷，總覺得哪裡好像不對，他看著籃子裡呼呼沉睡的嬰兒，捧著腦袋想了一會，說：「青陽，你爹好像就是族長！」

青陽盯著嬰兒，皺眉沉思。醉酒多日的腦袋不太管用，還沒繞過彎子來。

少昊摸著牆根偷偷溜出酒館，立即逃回了高辛，正好可以捧著宿醉的腦袋參加父親的登基大典。那段日子酣暢淋漓，在他的生命中，第一次有了一種叫「兄弟朋友」的東西，寂寞時可以飲酒打架，談笑中可以生死相酬，煩惱時可以傾吐心事……

從俊帝繼位到現在已經兩千多年。

兩千年中，軒轅族變成了左右大荒命運的三大神族之一，黃帝創建了軒轅國，登基為帝，可青陽的母親不再是黃帝唯一的女人。

兩千年中，青陽有了兩個弟弟。他聽到過青陽激動地告訴他，雲澤會叫他哥哥了，青陽十分偏愛雲澤，他也是，把雲澤看作自己的親弟，教他任何他想學的東西。雲澤果真如青陽所說，是最俊俏聰慧的孩子，任何東西一學就會，而且他還是那麼懂事體貼，主動承擔起一切大哥不喜歡承擔的責任。

兩千年中，他見證了雲澤的死去，聽到青陽痛苦地嘶嚎，也看到了嫘祖的地位和性命都岌岌可危，漸漸地，青陽失去了臉上的笑容，心上的溫暖。

那個扛著一把破劍，嚼著一根青草，走得搖搖晃晃，笑得讓人嫉妒的少年徹底消失了。

幾個時辰，少昊和青陽喝掉了十幾罈美酒。

少昊趴在扶桑枝上，伸手去撈水中的月亮，隨著枝條左搖右晃，突然，一個倒栽蔥掉了下去，撲通一聲就沒了蹤影。

青陽仰躺在樹枝上，張開嘴，高高舉起酒罈，一面隨著枝條隨風擺動，一面將整罈酒倒向嘴裡。一整罈酒倒完，少昊仍沒上來，青陽拍著樹幹大叫：「少昊，你再不上來，我可就把酒全喝光了。」

水面依舊沒有任何動靜，青陽正想跳下去撈少昊，少昊的腦袋浮出水面，青陽沒客氣地一掌打過去，「你還沒醉死在水底啊？」

少昊閃開，「我發現了一個奇怪的東西，你來看看。」

青陽看他的神色不像逗他，只得也跳下水，少昊在前面領路，兩人沿著扶桑樹幹一路下沉。湯谷的水很奇怪，別的水潭是越往下越黑，它卻是越往下越亮，到後來，眼睛內全是白得刺眼的光，什麼東西都看不見，再這麼沉下去，別說看東西了，眼睛不要瞎就不錯了。

青陽正在納悶，突然覺得眼睛舒服了，一個碧綠碧綠的珠子浮在一片白燦燦的光芒中，映得光線都柔和了。

少昊說：「很奇怪吧？因為是日出之地，湯谷之水是天下至淨之水，乾淨到沒有任何生物能活在裡面，就是這九株上古神樹扶桑樹，世人以為生在湯谷，其實都是紮根在別處。」

「嗯。」青陽雖然靈力高強，卻沒辦法像少昊那樣自如地在湯谷之水中說話。

「這一百多年我雖沒有下過水，可宴龍他們肯定有人下過水，既然沒有人發現，那只能說明這東西不存在。」少昊皺著眉頭思索，「究竟從哪裡來的呢？湯谷是高辛禁地，想運這麼大顆珠子進來可不容易，更大的可能，這顆珠子是從下面漸漸浮上來的。」再往下就是他也無法進入，傳說中只有開天闢地的盤古去過，不過既然太陽從虞淵落，從湯谷升，那麼聖地湯谷和魔域虞淵肯定相通。

「不管……帶……看一看……就知道了。」青陽的聲音雖然有靈力加持，可仍然被湯谷水吞掉了很多。

少昊點點頭，他用靈力抬了一下，居然抬不動，青陽也加了一把力，兩人一起用靈力強行帶著「碧玉珠」向水面上升去。

等升到水面，少昊驚異地感嘆，「這什麼東西？天下間居然有東西需要咱們倆合力去抬，說出去都沒有人相信。」

青陽低頭看著浮於水面的「碧玉珠」，剛才需要他和少昊合力抬起，此時，它卻好像浮萍一樣浮在水面上。

青陽伸手去摸，觸手滾燙，少昊碰了一下，立即縮回了手。青陽卻不知道為什麼，只是覺得心裡有很溫柔的感覺，竟然捨不得離開。

他心中一動，取劍在自己掌上割開一道血口，鮮血汩汩湧出，滴落在珠子上，一滴沒有掉下，全被珠子吸了進去。

少昊見狀，也是心中一動，萌生了隱隱期待，心急跳起來。他從青陽手中拿過劍，舉起手掌，卻遲遲未割下，竟然在害怕期待落空。

青陽不耐，催促道：「少昊！」

少昊的手從劍刃上劃過，鮮血如血霧一般，噴灑在珠子上，順著珠子緩緩滑落，沒有被吸收一滴。

青陽和少昊大喜，抬頭看著彼此。

半晌後，青陽說道：「雖說虞淵會吞噬一切，可傳說盤古大帝追著太陽跳下虞淵後一路跑到了湯谷，你說阿珩會不會……」青陽再說不下去，只把流著血的手掌貼在珠子上，珠子立即吞噬著他的靈力和鮮血。短短一會，青陽的臉色就開始發白，少昊用力拉開他，「你瘋了？如果這真是來自虞淵的東西，還不知道是妖是魔！」

青陽說：「它肯定和阿珩有關聯，我要帶它回去見父親和母親。」

「我和你一起去。」

青陽立即說：「不用，這是我們的家事。」

少昊明白了，這一瞬，一切又回到現實，他是高辛少昊，青陽是軒轅青陽。

第十九章 縱使相逢，應不識

蚩尤失魂落魄地站在鳳凰樹下。
她忘記了，她都忘記了！
蚩尤只覺眼前天昏地暗，一切都失去了光彩。
阿珩忘記了他！

青陽把珠子帶回朝雲峰，嫘祖立即派人去請黃帝。

黃帝細細詢問清楚珠子的來歷，又看到珠子吞噬鮮血靈力的異狀，對嫘祖道：「我知道珩兒死了，妳很難過，我也想要珩兒回來，可這不是珩兒，這只是虞淵結出的魔物，應該盡早銷毀，否則後患無窮。」

嫘祖出身上古名門「四世家」，自然清楚魔物的可怕，她不停地撫摸著珠子，好一會後說道：「即使是魔物，也是珩兒變作的魔物，我不信她會連父母兄長都傷。」

青陽和昌意都跪下，向黃帝磕頭懇求。

黃帝無奈，只得同意嘗試一次，「如果這確實是害人的魔物，就必須要在它為禍世人前除掉。」否則讓世人知道他縱容魔物，會毀他名望，對他的王圖霸業不利。

黃帝祕密傳召精善布置陣法的知末，在朝雲峰布下神陣，又命離朱和象罔兩個心腹守陣。

黃帝、嫘祖、青陽、昌意同時把自己的靈血注入珠內。

珠子像虞淵一樣貪婪，吞噬著一切，隨著他們注入的靈力和鮮血越多，它吞噬的力量越來越強大，黃帝察覺不對，當機立斷地切斷了自己和珠子間的聯繫，可嫘祖、青陽、昌意明明感覺自己像是要被虞淵吞噬掉一樣，仍不肯放棄。

嫘祖的臉色迅速黯淡，就好似一株大樹正因失去水分而枯萎死亡，黃帝一面強行分開嫘祖和魔珠，一面高聲下令，切斷了陣法。

昌意軟倒在地，雙目緊閉，臉黃如蠟，身子不停地打哆嗦，顯然靈體受了重創，守在陣法外的昌僕急忙撲過來，護住他的靈體。

青陽臉色煞白，直挺挺地倒在地上，人事不知。他雖然神力高強，可正因為他覺得自己神力高強，又對阿珩的死心懷愧疚，所以剛才在輸入靈力和鮮血時，幾乎不管不顧地想多輸一點，一心救活妹妹，受傷更重，若不是黃帝及時阻止，只怕他的性命都難保。

黃帝看到魔珠差點要害死兩個兒子，不禁勃然大怒，對離朱下令：「取出四象鏡，布滅魔陣，把這個魔物銷毀。」

嫘祖身軟無力，拽著黃帝衣袖，哀聲請求：「不要！」

黃帝看到嫘祖的樣子，心中一痛，說道：「妳以為我不思念珩兒嗎？她可是我唯一的女兒，可這已經不是珩兒。青陽因為珩兒的死一直心懷愧疚，昌意又是個鑽牛角尖的性子，一日不除去珠子，他們二人勢必會想方設法喚醒珠子，今日有我和知末在，他們僥倖保住了一命，下次呢？我實不想再失去兩個兒子。難道妳要因為一個已死的女兒再失去兩個兒子嗎？」

嫘祖看到兩個重傷的兒子，知道黃帝所說都是實情，不能留魔珠，可又明明感知那是珩兒所化，不禁心如刀割，淚若雨下。黃帝知道嫘祖在知末他們心中很有影響力，怕待會嫘祖阻攔，所以暗用靈力，讓嫘祖昏睡過去。

黃帝命宮人把嫘祖、青陽、昌意都送回朝雲殿。

離朱來稟奏：「四象鏡已經取出，要布陣嗎？」滅魔陣是盤古所創的殺陣，不論神魔，一入陣法就是死路，迄今為止沒有一個能活著走出滅魔陣。四象鏡是布陣的神器，盤古仙逝後，四象鏡被西陵氏的先祖收藏，後來作為嫘祖的嫁妝，來到軒轅族。

黃帝把手放在珠子上，他也能感受到珠子和他的血緣牽絆，遲遲沒有下令。

離朱恭立一旁，靜靜等候。

黃帝畢竟是殺伐一方的霸主，縱心中不捨，卻絲毫不為私情左右，半晌後，對知末點了點頭，知末他們領命而去，開始設置滅魔陣。

老天似乎也感應到了一切，自開始布陣，就天色陰沉，風雨交加，天際一直有雷聲轟隆隆地傳來。

天靈地氣受四象鏡召喚匯聚而來，青陽和昌意心有所感，竟然同時醒了過來，看到外面天色黑沉，大雨如注，立即明白了一切，想掙扎著起來，可黃帝早料到他們會如此，派了神將守護，根本不允許他們走出屋子半步。

昌意不顧傷勢，想強行闖出去，被兩個神將左右架著，放回榻上，還用龍骨鏈條把他牢牢鎖住，昌意又氣又急，破口大罵，兩個神將嘴裡說著「殿下恕罪」，神色卻毫不遲疑，顯然黃帝早有嚴旨。

青陽行動困難，又對黃帝更加了解，知道不可能闖出去，只是默默坐著，望著軒轅山頂——黑色的雷雲越聚越厚，雷雲後有金色的電光閃爍，只等陣法成時，雷電交擊，陣法自會引天火而下，五雷轟擊，把魔珠徹底毀滅。

因為阿珩的死，昌意已經兩百年沒有和青陽說過話，此時無路可走，忍不住叫道：「大哥，你就看著小妹粉身碎骨嗎？我不管她是不是魔，我只知道她是我妹妹！」

他話語剛落，昌僕提著兩個食盒，披著斗篷進來，隨手把食盒扔到地上，趴在昌意身邊，低聲說道：「我已經調遣了若水精兵，一定會設法把珠子偷出來。」

昌意心中一震，握住了昌僕的手，只覺心潮起伏，似有千言萬語，卻一句都說不出來。反抗黃帝是死罪，昌僕卻毫不計較後果，不惜用一族命運與黃帝對抗，但是他能自私地不顧昌僕和若水族嗎？

昌僕完全知他所想，柔聲道：「忘記我們成婚之夜的誓言了嗎？夫妻一心，相守一世，生同衾、死同穴！你的妹妹就是我的妹妹，我的妹妹就是若水族的女兒，不管任何險境，我們若水族人永不背棄自己的族人！」

昌意點了點頭，昌僕決然起身，就要衝進風雨中，青陽冷冷說道：「如果憑你們一群半妖的若水族就能破解軒轅族布下的滅魔陣，軒轅族也不會被大荒內尊稱為三大神族。妳如今是一族之長，做事應該多動點腦子，別把送死當成是英勇！」

昌意關心則亂，對青陽怒目而視，掙扎著恨不得撲打過去，昌僕卻聽出青陽話外有話，「既然大哥覺得我們若水族不行，那大哥有什麼更好的法子？」

青陽說道：「這個時候最應該去救阿珩的人不是妳，妳也沒那個能力。」

昌意氣得譏諷，「那該是誰？難不成是你為阿珩挑選的夫婿高辛少昊？少昊倒是有能力，可我們再沒河圖洛書和他交換了。」

青陽不理會昌意的譏諷，對昌僕說道：「妳乘我的坐騎去找蚩尤，把這個消息告訴蚩尤。」

昌僕恍然大悟，兩百年來，她和昌意年年都去虞淵祭奠阿珩，年年都能看到虞淵外又多了幾株桃樹。頭幾年，昌意氣得全砍了，可蚩尤不聲不響地又種回去，昌意砍幾次，他種幾次，到後來昌意也不砍了，只冷笑著說我看他能種多久，卻沒想到蚩尤就這麼種了兩百年。

青陽又道：「妳讓朱萸立即通知少昊。」

昌意想反對，青陽盯著他說道：「阿珩畢竟是少昊明媒正娶的妻子，救不救在他，如今的情形卻必須讓他知道，何況多一個人多一分機會。」

昌意沉默了一瞬，對昌僕點點頭，昌僕攏攏斗篷，衝進了漫天風雨裡。

因為滅魔陣，軒轅山方圓百里都黑雲密布，傾盆大雨下個不停，在厚厚的雷雲中，金色的閃電像無數條金蛇一般扭動閃耀，整個天空就好似墨色的布匹上繡著亂七八糟的金紋。

風雨怒吼，掩蓋了一切聲音，卻有悲涼的歌聲穿破風雨，隱約傳來。

哦也羅依喲，
妳的眼為什麼緊閉，
不肯再看我？
若我讓妳流淚，
請將我的眼剜去，
只要能令妳的眼再次睜開。
哦也羅依喲，
妳的心為什麼碎了，
不肯再憶我？
若我讓妳悲傷，
請將我的心掏去，

只要能令妳的心再次跳動。

……

蚩尤一襲耀眼的紅袍，腳踩大鵬，分開風雨，裂雲而來。

離朱上前，喝道：「來者止步，前方是軒轅族禁地。」

蚩尤不看他，只對峰頂的黃帝朗聲道：「我是神農督國大將軍蚩尤，前幾日遺失了一顆心珠，晝夜難安，聽聞被黃帝拾得，特來求取，還望黃帝賜還，我感激不盡。」

離朱問：「不知大將軍如何證明珠子是你的？」

蚩尤把珠子的大小、顏色說得清清楚楚，離朱啞口無言，象罔問黃帝，「要屬下帶兵把他驅趕走嗎？」

黃帝搖頭，「蚩尤性子狂妄自大，剛才卻刻意強調自己是神農督國大將軍，用身分表明他可以調動神農軍隊，是警告我們如果敢動兵，他也會動兵，若我們不能證明珠子不是他的，反倒是他占了理，偏偏我們還真沒辦法證明珠子不是他的。」家醜不外揚，黃帝連對離朱他們都未說明珠子的來歷，更不可能告訴世人魔珠是他的女兒所化。如果讓天下人知道他的女兒是魔，那將是對他威望的毀滅性打擊。

象罔怒嚷，「打就打！誰會怕他？」大時山陣亡的將士是象罔的屬下，他深恨蚩尤。

黃帝盯著象罔，「你性子怎麼還這麼急？和你說過多少次牽一髮而動全身？小不忍則亂大謀！軒轅族的國力能和如今的神農族全面開戰嗎？」象罔低頭不語，黃帝想了一瞬，冷冷說道：

「讓他知難而退吧！從古至今，沒有人能闖過滅魔陣，他若強求，倒正合我意，反正他死在陣裡，也和我們無關。」

離朱明白了黃帝的心意，想藉滅魔陣除去蚩尤。離朱對蚩尤說道：「這個珠子吞人靈血、奪人性命，想來絕不是大將軍的心珠，現在滅魔陣已成，將軍可自行入內探視，一旦確定不是心珠，請速速退出，勿被魔物牽累己身。」

離朱說完，眾人都退了下去。

蚩尤提步向陣內走去，炎帝曾和他講過滅魔陣的威力。滅魔陣由上古神器四象鏡布成四個陣，意寓人生四象——死、生、幻、滅。陣法十分怪異，從古至今沒有一個人能闖過，無數高手不是瘋就是死，盤古曾笑言誰能闖過陣就把四象鏡賜給誰，後來西陵家一個沒有一點靈力的傻子誤入陣法，又莫名其妙地走出陣法，盤古就把四象鏡送給了西陵氏的先祖。

蚩尤踏入了滅魔陣的第一象——死鏡。

二十四個巨石雕成的金甲神，怒目圓睜，金戈高舉，瞪著蚩尤。

金甲神沒有血脈之軀，他們力大無窮，不會疲憊，不會疼痛，更不會畏懼，似乎沒有缺陷，可其實他們的優勢就是他們的缺陷——沒有血脈之軀，缺乏靈活機變。對蚩尤這般靈力充沛的頂尖高手而言，只要虛與委蛇，時間一長定能發現金甲神招式中的破綻，可蚩尤心掛阿珩，不敢浪費時間，一出手就是全力，以硬碰硬，金甲神十分剛猛，蚩尤更剛猛，與二十四座巨石人打鬥，絲毫未落下風。

但蚩尤漸漸發現，這些金甲神對任何靈力的攻擊都沒反應，水火不侵，刀劍不傷。

天空中的雷雲越發低了，蚩尤心中著急，下了狠心，就是死也要闖過去！當一個金甲神擊向他時，他不躲不閃，怒吼一聲，雙手與金甲神對擊，畢竟是肉身對抗石頭，縱是蚩尤，也血氣翻湧，他卻乘勢反握住金甲神的雙臂，一聲大喝，將金甲神的雙臂生生扭下，扔到地上，呸一聲吐盡口中殘血。

「來啊！」

蚩尤放聲大叫，用這最野蠻，卻也最有效的方法對付著每一個金甲神。

一炷香後，二十四個金甲神全變成了沒有手臂的石頭人，無法再阻擋蚩尤，蚩尤付出的代價是滿身傷痕，肋骨斷了兩根。

這才是第一象！

蚩尤看了看天上的雷雲，全速飛掠向前。

第二象叫做生鏡，陣如其名，沒有任何攻擊力，不用打架，不用流血，看似十分平和。陣法內匯聚了陰寒之氣生成的冰雪，沒有任何討巧的法子可破，唯一的破解之法就是徒步走過風雪。

蚩尤走進了暴風雪中，越走天越黑，越走雪越大，冷得人連骨頭都要被凍裂，即使神力最高強的神也無法忍受這種天地至陰生成的寒冷。蚩尤剛開始，覺得冰寒刺骨，不停地用靈力對抗，可走到後來，冷到極致反倒不覺得冷了，甚至感覺不到有風雪，腦子暈暈乎乎，凍得已經忘記了自己是誰。

恍恍惚惚中，似乎又回到小時，他是一隻野獸，奔跑在荒野叢林中，不停地廝殺，不停地搶奪地盤，不停地爭奪食物。

夥伴們要麼死了，要麼一到春天就組建了自己的新家，連他靠近，都會對他齜牙咧嘴地咆哮。他不明白，他只是覺得孤單，那種比冰雪更冷的孤單。

一年又一年，總是重複地廝殺、流血、死亡；一年又一年，山中的野獸也似乎看出他和牠們不一樣，不再願意接近他；一年又一年，來來往往只有他自己，越來越沉重的孤單，那種世間沒有一個同類的孤單，那種世間無處可宣洩的痛苦，可他甚至不明白自己在痛苦什麼。

他好奇地接近人類的村莊，看著孩子們嬉戲，他好喜歡聽那些笑聲，似乎能驅散一切的痛苦，他想靠近他們，他們卻用石頭打他，用火把燒他，用刀箭驅趕他。

石頭又打在他的頭上了，火又燒著他的皮毛了，刀箭又砍在他的身上，他不停地逃跑，跑得好累。

天地漆黑，好似在不停地對他說，休息吧，休息吧！睡著就不會有痛苦了！

他真想躺下，好好睡一覺，可內心深處總是有一個固執的信念，似乎是他的心缺失了一塊，即使要休息，也要找到那缺失的一塊，依偎著它睡下去就會擁有那驅散一切黑暗和痛苦的笑聲，就會溫暖，就不會再孤單。

缺失了什麼？究竟缺失的東西在哪裡？

蚩尤迎著風雪，不停地走，晃晃悠悠地跋涉出了風雪。

雪停雲霽，風和日麗，太陽照到他身上，壓根看不出人形，他猶如一個雪柱子，從頭到腳都是堅冰，臉鼻都被裹在寒冰中。

蚩尤怔怔地站著，不知自己身在何處，也不知自己是誰。以前也有人能堅持到這裡，卻在走出風雪後，神志全失。因為盤古大帝在這一陣中，用天地至寒比擬冰冷殘酷的人生，拷問的是一個人活著的意義：你闖過了金甲神的死陣，證明你有足夠的能力拿到你想要的一切，可不管你是為名、為利、為權、為情、為義，你的執念能溫暖你冰冷的人生嗎？能讓你面對世間的一切寒冷，支撐著你走過人生的暴風雪嗎？

一會後，蚩尤突然掙開了冰雪跳出，伸著雙臂，對著太陽大吼大叫，「阿珩！是阿珩！我要找到阿珩！」

他知道陣法外已經雷電交擊，阿珩危在旦夕，不敢遲疑，立即進入了第三象——幻鏡。

天上晴空萬里，山野鬱鬱蔥蔥，不知名的野花開滿山坡，四野祥和美麗。

蚩尤跌跌撞撞地向前跑著，阿珩，等我，我馬上就到了！這一次我絕不會讓妳失望！

跑著跑著，蚩尤突然看到山花爛漫中，少昊一身白衣，迎風而立，儀容超邁，丰神清朗，對蚩尤含笑道：「你來晚了一步，我已經救了阿珩。」

「阿珩在哪裡？」

阿珩姍姍而來，握住少昊的手，依偎在少昊身畔，雙眸只是深情地看著少昊。

少昊帶著阿珩躍上玄鳥，對蚩尤說：「你趕緊出陣吧，我和阿珩回高辛了。」

「阿珩，阿珩！」

無論他怎麼叫，阿珩都只是笑偎在少昊懷中。

蚩尤失魂落魄地走著，逍遙飛落到他身旁，眼中都是悲憫。憤怒激蕩在蚩尤的心間，他到底哪裡不如少昊？為什麼阿珩一而再、再而三地為少昊背棄他？為什麼阿珩不肯原諒他，卻輕易地忘記少昊為半個河圖洛書就捨棄了她？難道就是因為少昊出身尊貴，會是一國之王？

那好！我就讓阿珩看看我和少昊究竟誰是一國之王。

蚩尤帶著逍遙回到神農，劍之所指，千軍同發，鐵騎過處，血流萬里，一座又一座城池被他攻下，軒轅國滅，高辛國亡，整個天下都臣服在他的腳下，他手下的將軍們熱血沸騰地歡呼，可是，當跪在他腳下的人越來越多，當所有人看他的目光越來越敬畏，他沒有感受到一絲快樂，萬人敬畏的簇擁歡呼竟然讓他懷念的只是草凹嶺上榆罔偷來的一壺酒。

他提著酒去找榆罔，榆罔冷冷地看著他，「你是來賜死我的嗎？聽說那些將軍們又在逼勸你廢掉沒用的我、自立為帝。」

「不，我只是來找你喝酒。」

榆罔轉過了身子，留給他一個清高孤絕的背影，「你心裡的血腥味太重，熏得我噁心！」

蚩尤默默退出大殿，仰頭把酒灌下，卻再喝不出以前的好滋味，那段草凹嶺上，他四肢著地、野獸一般敵意地瞪著榆罔，榆罔卻傻笑著，用酒來討好他、接近他的日子再找尋不到。

大軍包圍了高辛都城，城中只剩下高辛王族，這是最後一場戰役了。

阿珩星夜而來，向蚩尤傾吐深情，他滿心歡喜，兩人徹夜歡愛。

可第二日，他的軍隊中了埋伏，無數兄弟被殺，他最好的兄弟風伯滿身是血，死在他面前，魑魅魍魎指著阿珩，對他大叫，「是她，是她出賣了我們！是她害死了風伯！」

遠處，少昊帶著千軍萬馬而來，溫柔地聲聲叫：「阿珩。」

蚩尤冷意浸骨，盯著阿珩，「是妳做的嗎？是妳告訴少昊埋伏我們嗎？」

阿珩一言不發，只是安靜地坐著。

魑魅魍魎羅列著阿珩的如山罪證，士兵們鮮血披面，高舉刀戈，群情激昂，喧譁著要殺了阿珩。

蚩尤看看腳邊的風伯，再看看身旁的阿珩，心如炭焚冰浸，五內俱痛。

阿珩不求饒，不辯解，只是微微仰頭，默默地看著他。

蚩尤忽而想起來了不知道多少年前的事情，桃花爛漫，阿珩一手提著繡鞋，一手提著羅裙，在山澗的溪水上跳躍，追著落花戲耍，一片又一片的桃花在他眼前輕盈地墜落；也想起了阿珩墜下虞淵前，對他字字泣血地說：「如果今日，你我易地而處，我會信你！」他的心竟然慢慢安穩了，一切的焦躁、猜忌，甚至痛苦、孤單都消失。原來世間的很多痛苦來自自己的心，心若安穩，處處都是樂土。

蚩尤對魑魅魍魎斬釘截鐵地說：「她是我的阿珩，我信她！你們要殺她，就從我屍體上踏過！」

一語出，阿珩、風伯、魑魅魍魎都消失了。

沒有少昊，沒有戰場，沒有鮮血，沒有屍體，什麼都沒有。

蚩尤神思恍惚，不敢相信那鐵血江山、生死豪情竟然都只是一場幻象！

嘆隙中駒、石中火、夢中身，得到失去，失去得到，好似一生一世，原來不過只是陣法的一場幻境，得到的令你快樂了嗎？失去的令你痛苦了嗎？幻境滅後，你心中最重要的是什麼？

自從幾百年前，蚩尤被炎帝帶回神農山開始學做人，他一直困惑迷惘於人性，這一刻，他前所未有地明白了自己想要什麼。

滅魔陣被譽為盤古陣法中最厲害的大陣，但除了第一陣，其餘都不過是自己在和自己鬥，是不是人生也就如此？是需要一定的實力去打贏擋路的金甲神，可真正擋著路的最大障礙是自己，一切悲歡得失其實都取決於自己，得是因為自己，失也是因為自己。

蚩尤不禁自問，盤古的滅魔陣究竟要滅的是什麼魔？是世間的魔，還是世間本無魔，一切皆心魔？

一直以來，他因為雄性的心高氣傲，因為心底深處一點若有若無的自傷自憐，絕口不承認自己不如少昊，可少昊的絕代風華、尊貴身分，和阿珩的天定姻緣都令他深深忌憚，他心底深處恐懼著阿珩會變心，所以愛越重，忌越重，才釀成了當年的慘劇。

如果剛才他不信阿珩，究竟會發生什麼？

轟隆隆、轟隆隆——

雷聲傳來，蚩尤顧不上再深思盤古滅魔陣的含意，立即收斂心神，快步前行，進入了滅魔陣第四象——滅鏡。

一枚碧青的珠子靜躺在巨石上，被重重龍骨鏈條鎖縛，墨黑的雷雲如山巒疊聚，壓在珠子上方，隨著一道又一道的閃電，顫顫巍巍，好似就要砸下來。

蚩尤邁步飛奔，「阿珩，我來了！」他衣衫襤褸，渾身傷痕，卻心內眼內全是歡喜。閃電突然增多，就好似無數條金蛇鑽出了洞，劈哩啪啦、劈哩啪啦地響著，陰暗的天地被映得忽明忽暗。

無數條金蛇從四面八方匯聚到一起，好似一條在迅速長大的蛇，不一會就變成了巨蟒。喀啦啦一聲巨響，五雷轟下，水缸般粗的閃電像一條金色巨蟒一般擊向珠子。

蚩尤飛身上前，護住珠子。

轟——

天雷擊打在他背上，他身子痙攣著癱軟在珠子上。在天地的雷霆之怒前，即使是神力最高強的神族也不堪一擊，只是一下，蚩尤就被打得氣息紊亂、靈力渙散。

天空的雷雲又在凝聚第二次更重的擊打。

蚩尤想移動珠子，可珠子如同生長在地上，紋絲不動。

狂風怒號、暴雨肆虐，蚩尤仰頭看向天空，黑色的雷雲猶如山峰般壓下，金色的閃電，一道道若利劍，逐漸匯聚一處，凝結成一條巨大的金色電龍，照得四野燦如白晝。

蚩尤若還有半絲理智，就該明白他擋不住這一下的擊打。天雷雖厲，卻只會轟擊魔珠這一點，他若棄珠逃生，完全來得及。

可是蚩尤不但沒有絲毫懼怕，反而狂笑起來，拔出長刀，割開自己的雙臂，把靈血注入珠子內，對著蒼天，高聲咒罵，「她吸血，我樂意給她血，她吸靈力，我樂意給她靈力，關你什麼事？誰叫你多管閒事？你敢滅她，我就滅你！」

天雷轟然擊下，道道電光打向珠子，蚩尤披頭散髮，雙目赤紅，竟然舉起長刀，砍向電龍，不管不顧地和老天對打起來，「反正你這天絲毫沒有道理，昏聵無能，我就毀了你這個天道！」

山巒一般的雷雲壓下，巨龍一般的閃電擊下，蚩尤吐出幾口心頭血，不惜全身裂亡、魂靈俱滅，凝聚了遠超自己身體所能承受極限的靈力，刀芒大漲，橫亙在天地間，雷雲電龍都被逼得速度慢了下來。

可只是慢了下來，山巒傾倒般的雷雲，巨龍般的閃電依舊迫向蚩尤，壓得赤紅的刀光在縮小，蚩尤搖搖欲倒，五官中涔出血來，滿面血汙，長髮飛舞，猶如凶魔。

「我告訴你，盤古能創你，我就可以滅你！」蚩尤仰天怒吼，拚盡全力，揮刀斬向蒼天，金色的閃電巨龍居然被他砍裂，轟然一聲巨響，雷雲徹底散開，漫天光華大作，無數閃電像流星一般，嗖嗖地從他身周飛過。他的身體被刺得千瘡百孔，血落如急雨，帶著天地間激蕩的靈氣打落在珠子上。

珠子吸足了鮮血靈力，顏色變得赤紅，突然砰然一聲巨響，紅光大作，直擊雲霄，天地間又是金色，又是紅色，光芒閃爍，不能目視，山河搖曳，似乎世界就要毀滅。

少昊比蚩尤晚到一步，進入滅魔陣第一象死鏡時，同樣遇到了二十四個金甲神。他與金甲神纏鬥了一會，和蚩尤一樣很快就發現金甲神的缺陷，打敗他們不難，可是想快速打敗他們卻很難，但想救阿珩就必須快。

思謀了一瞬，少昊突然變幻身形，自己也化作了一個金甲神。水是萬物之源，可隨意變幻形態，少昊修煉的是水靈，自然而然也就具有了模擬萬物的能力。他神力高強，變幻的金甲神，沒有絲毫破綻，就是黃帝親來都看不出真假。

二十四個金甲神茫然了，彼此看看，的確多了一個。突然一個狠狠打向另外一個，另外一個回擊，又打中了另一個。不一會，只看金甲神彼此打成一團，他們每一下擊打都重若千鈞，陣法內天昏地暗、飛沙走石。

等風沙平息，金甲神們有的斷了胳膊，有的斷了腿，全部支離破碎，只有一個站立在中央，毫髮未傷，忽而露出一個笑容，身形變回了少昊。

少昊看著滿地殘裂的石塊，搖搖頭，「畢竟不是血肉之軀，沒有靈智機變！」

他提步踏入了滅魔陣的第二象——生鏡。

漫天風雪，淒淒而下。少昊一邊戒備地走著，一邊琢磨，為什麼此象叫生鏡？他的神力都用來對抗寒冷，前方風雪瀰漫，看不到一絲出路，少昊只能一遍遍回憶著高辛的放燈之夜，想著那些密密麻麻的燈，溫暖、壯美。

每一盞燈都是被一個人點燃，給予了另一個人溫暖，他在守護這些燈，守護著他們的溫暖，可他的燈呢？誰為他點燃過燈？誰願意給他一點溫暖？

天越來越冷，他卻找不到一盞為他而燃的燈，暴風雪中，所有的燈一盞盞都熄滅了，黑暗寒冷鋪天蓋地襲來，就好似再次經歷了生命中所有的殘酷冷漠。

母親死時，父王承諾會好好照顧他，可當常曦部把一對美麗的姐妹送進宮後，父王忘記了母親，也忘記了對母親的承諾。父王的兒子越來越多，他見父王的時間越來越少，常常他滿懷期待地等很久，等出來的是宴龍的母親大常曦氏，笑吟吟地告訴他父王陪宴龍、中容他們玩累了，正在休息，讓他先回去。有時候，他叫父王時，會突然擔心，父王還記不記得他。從小照顧他的嬤嬤竟然奉常曦氏姐妹的命一直在給他下藥，並不是要命的藥粉，只是會慢慢損害他的智力，天長地久，他的記憶力會越來越差、會越來越笨，笨得完全沒有辦法和宴龍再爭奪王位，他以為父王會為他做主，滿腹委屈、天真地把一切都告訴了父王，可是常曦氏的眼淚、假裝自盡，讓父王反過來斥責他，小小年紀就心思歹毒，意圖陷害母妃。他這才發現這座他從小長大的宮殿早就沒有他容身之處，他只得漂泊民間，在打鐵鋪的熊熊烈焰中尋找著一絲絲溫暖。他很努力地做好一切，想做一個百姓心中的好王子，父王的好兒子，可父王卻因為他越努力越猜忌他……

五神山的冰冷無情，讓他連喘息都困難。

太冷了！身上、心裡都沒有一絲溫暖！

為什麼沒有一個人為他點一盞燈？

他看到了母親，在黑暗的盡頭向他微笑招手，似乎在說：過來吧，孩子，到娘的懷裡好好睡一覺。他微笑著走過去，走向最深的黑暗，走向永遠的沉睡。

一步又一步，就當整個人都要沉入黑暗時，他的眼前閃過一個似曾相識的人影，喉頭湧起一陣酒香，心頭竟然湧起了一點點溫暖。

他茫然地回頭，風雪密布，天地陰晦，很遠處似乎有一點點渺渺火光，有個人烤著火，喝著酒，等著他。

少昊茫然地看看黑暗盡頭的母親，再看看那一點點渺茫的火光，猶豫掙扎著，不知道該走向哪裡。

突然，他聽到了腳步聲，一個模糊不清的青衣女子的身影閃過，抓住他的手，拖著他向渺茫的火光走去。

不知道為什麼，少昊心頭驟然一暖，竟然騰起一股很堅決的念頭，不能放棄，不要死在虞淵！

虞淵？虞淵是哪裡？

他不明白，只知道朝著那點渺茫的火光艱難地移動過去，越來越近，身子卻越來越冷，冷得好像整個身體都變成了寒冰，好幾次都想停下，可鼻端喉頭總有一股酒香縈繞不散，身旁的女子總是緊緊地抓著他，讓他的心頭浮動著絲絲暖意。

終於，他看清了那個坐在篝火畔的少年，笑容燦爛，比夏日最明亮的陽光更耀眼，少昊腦海裡莫名其妙地閃過一個少年爽朗的聲音「我的姓氏是軒轅」，他想起了這個笑得令人嫉妒的少年是誰，是青陽！而拽著他前行的女子是阿珩，阿珩側頭，嫣然一笑，消失不見，青陽也消散在雪中，他心頭卻暖意融融。

眼前的黑暗徹底淡去，光明燦爛。

少昊全身裹著冰雪，呆呆地站著，過了一瞬，他慢慢地把冰雪一塊塊剝開，仰頭看向太陽。

原來這就是生鏡！

他一出生母親就死了，餵養他長大的乳母日日給他下藥，他的弟弟們時刻想著如何害死他，他把父王當作最親近的父王，父王卻不把他看作最親近的兒子……老天好像對他格外冷酷，可這一刻，他明白老天已經給了他想要的溫暖燈火。

青陽，我一定會把阿珩救出來！

少昊飛奔向滅魔陣第三象——幻鏡。

山巒疊嶂，道路曲折，跋涉了一會，看到珠子就在懸崖高處，少昊打敗了幾個擋路的妖獸，把珠子帶給青陽，他們一起想方設法救活了阿珩。

父王終於看清他是比宴龍更適合的繼承人，把王位傳給了他。

他實現了從小到大的夢想，成為俊帝，守護高辛河流中的每一盞燈光。他勵精圖治，把高辛治理得更加美麗富饒。

黃帝發動了戰爭，大軍東進，打敗神農後，撕毀了和高辛的盟約。他率兵與黃帝對抗。

千軍齊發，萬馬奔騰，他與青陽相逢於戰場，兩人不得不兵戎相見。

刀光劍影，血流成河，就如每次他們見面的打架一樣，兩人難以分出勝敗。最後，他與青陽面對面而站，勝負只能由他們自己決出。可這一次不再是只分出勝負的比試，而是要分出生死的決鬥。

打了三天三夜，傷痕累累，如果再拖下去，軍隊就會生變。

少昊凝聚起全身的靈力一劍刺向青陽，青陽也劍鋒掃向了他。

他真的要殺死青陽嗎？

他能猶豫嗎？一猶豫，也許就會死在青陽劍下！

不是他死，就是己亡！

少昊的瞳孔在收縮，劍芒卻依舊在冷冽的閃爍，飛罩向青陽。

突然，一聲巨響，漫天紅光，驚散了一切。

少昊披頭散髮，衣衫上血痕點點，握著劍要刺，眼前卻空無一人。他怔怔地看著自己的手，他那一劍究竟刺下去了沒有？如果不刺，青陽會殺死他嗎？如果刺了，那……

少昊身子一顫，冷汗涔涔，不敢再想，忽然間暗暗慶幸，只是一場幻象。

可這真的只是一場幻象嗎？

少昊仰頭看向天空，半晌後，漫天刺眼的光線才漸漸消失，風停了，雨停了，陣法竟然消解了。

巨石上躺著兩個昏迷不醒的人，一個是蚩尤，雙臂張開，護著身下，一個赤身裸體，蜷縮如嬰兒，依在蚩尤懷中，正是阿珩。

看到阿珩赤身裸體，少昊立即背轉過身子，脫下衣袍，叫來等候在陣外的昌僕和朱萸，讓她們去把阿珩抱出來。

昌僕發現阿珩懷裡抱著一隻鳥，詫異地問：「怎麼會有一隻鳥？」

少昊頭未回地嘆道：「應該是那隻隨阿珩赴死的琅鳥。」

昌僕心內生了敬意，溫柔地把鳥從阿珩懷裡抱出來。

昌僕和朱萸剛為阿珩穿好衣衫，黃帝趕到，似不相信竟然有人能破掉滅魔陣，面色鐵青，氣急敗壞。不曾想看到了少昊，不禁一愣，「你怎麼在這裡？」

少昊恭敬地行禮，「聽說阿珩活了，我來接阿珩回家。」

黃帝看到阿珩，面色稍稍緩和，一個箭步上前，揭開阿珩的衣袖，看到她胳膊上有半個爪痕，這是阿珩小時受的傷，黃帝為了懲戒她貪玩，特意下令永鑄她身。黃帝確認了的確是阿珩，想到和高辛的聯盟再次穩固，不愉盡去，不禁笑對昌僕說：「快帶珩兒去朝雲峰，讓妳母后看看她，不管什麼病都立即好了。」

昌僕瞅了眼昏迷的蚩尤，遲疑地看少昊，少昊微微點了下頭，昌僕知道一切有他，放下心來，抱著阿珩飛向朝雲殿。

黃帝掃眼看向重傷昏迷的蚩尤，眼內精光閃動，似有所謀。少昊輕移幾步，擋在蚩尤身前，含笑對黃帝行禮，「我剛才來的路上，看神農大軍守在邊境，似在等人，隱約聽到魑魅魍魎那幾個潑皮說什麼再不回來就打進去算了。」世人皆知，蚩尤的軍隊都出身草莽，野性難馴，連榆罔都不放在眼裡，世間只認蚩尤。

黃帝淡淡一笑，問道：「你是打算住幾日再走，還是立即回高辛？」

少昊彎身行禮，「住幾日。」

黃帝點點頭，「這裡的事情千萬不要告訴他人，對阿珩不利，對你更不利。」

少昊道：「小婿明白。」

少昊看黃帝離去了，方讓朱萸把蚩尤扶起，檢查了一下蚩尤的傷勢，發現傷得不輕，怕黃帝路上使詐，決定親自走一趟，「我們先送蚩尤回神農。」

朱萸問道：「你什麼時候見到魑魅魍魎了？我和你一路而來，怎麼沒看到？聽說他們四兄弟是孿生兄弟，長得一模一樣，我一直想見見呢！」

少昊問朱萸，「妳家殿下平日教導妳什麼？」

「少提問，多做事。」

少昊看了眼朱萸，含笑不語，朱萸覺得少昊雖然在笑，可眼神的銳利不比冷臉的青陽差，只能把滿肚子疑惑全憋回去。

幾個月後，阿珩才真正甦醒，人雖然醒了，卻終日呆呆愣愣，不說一句話，如同一個沒有靈智的傀儡。

青陽冷面冷語，看不出他心裡是何感受，只看到他吩咐朱萸四處搜尋稀世靈草，換著花樣給阿珩吃。

昌意日日陪著阿珩，帶她去每個兒時的地方，希望能讓阿珩記起過去的事情。

阿珩總是默不作聲，一點生氣都沒有。昌意的耐心好似無窮無盡，即使阿珩一天不說一句話，他可以一個人說一天，給阿珩講著過去的事。

日復一日，昌意沒有絲毫不耐煩，阿珩卻沒有絲毫好轉的跡象。

一日，阿珩坐在院中，像個木偶一樣，低頭盯著自己的腳尖發呆，似在沉睡，又似在沉思。

昌僕坐到她身邊，阿珩頭都不抬。

「我第一次見昌意，是昌意到若水赴任。族內的長老說軒轅族的王子要來了，讓我們千萬別闖禍，我很不服氣，我們若水人自在慣了，憑什麼要聽人驅使？於是我喬裝改扮，親自去迎接這個王子。一路之上，我刁難羞辱了昌意無數次，昌意一直沒生氣，我反而慢慢被他的胸襟氣度折服。我認識昌意這麼多年，從沒見過他生氣，第一次見他發怒是為了妳。兩百年前，他帶著我潛入神農，一夜之間暗殺了神農十八個神將，父王震怒，把他關在火牢中，對修行木靈的神，置身火牢是痛不欲生的極刑，父王說只要他認錯就放了他，可整整一年，他被折磨得形銷骨立，卻就是不認錯，後來，連父王也拿他沒轍，一邊罵他是個榆木疙瘩，一邊無奈地放了他……」

昌僕徐徐道來，講著兩百年間昌意的難過、對青陽的怨怒，講到發現魔珠時，昌意是如何高興，昌意和青陽為了喚醒阿珩，差點靈血盡失死去。

因為黃帝和嫘祖的密旨，本就沒幾個人知道魔珠，知情的青陽和昌意都絕口不提，以至於阿珩自己也是第一次知道她的甦醒竟然那麼不容易。

昌僕撫著阿珩的頭，「小妹，對妳而言，只是睡了一覺，也許妳還嫌睡的時間太短，所有的痛苦仍積鬱在心頭，可對妳四哥而言，兩百年啊！即使妳已經忘記了過去的一切，可妳的心仍是肉長的，肯定能感受到昌意的難過，別再讓妳四哥難過了。我已經兩百年沒有看他笑過，讓他真正地笑一笑。」

昌意拎著一條魚，快步而來，看到並肩坐在鳳凰樹下的妻子和妹妹，笑問道：「妳在和小妹聊什麼？」

昌僕笑道：「沒說什麼。」

昌意把魚給阿珩看，「晚上吃魚，好不好？」

阿珩猶如木偶，不言不動，昌意也已經習慣，自問自答地說：「我把魚送到廚房後再來看妳。」

「冰椹子。」

微小的聲音從身後傳來，昌意霍然轉身，神情激動，「妳說什麼？」

阿珩望著桑樹，沒有任何表情，聲音卻很清楚，「冰椹子，我要吃冰椹子。」

昌意狂喜，扔掉了魚，大吼大叫，「母后，母后，大哥，大哥，你們快出來，小妹要吃冰椹子！」

嫘祖和青陽都衝了出來，昌意蹲在阿珩身邊，小心翼翼地說：「妳再說一遍，妳要吃什麼？」

嫘祖和青陽都眼巴巴地盯著她，阿珩盯著桑樹，輕輕說：「冰椹子。」

嫘祖破顏而笑，眼中有淚。青陽神色不變，一句話未說，隨手一揮，想要降雪，卻心緒激動，靈氣不穩，變作了滿天冰雹，劈哩啪啦地掉下來，打得大家措手不及。

昌意一手護著昌僕，一手拽著阿珩，往屋簷下跑，笑嘲道：「大哥，你行不行啊？我昨天剛和阿珩講了一天你有多麼厲害，今天你就拆我的台，阿珩不覺得你不行，反倒認為我說大話，是不是，小妹？」

青陽緊張地盯著阿珩，半晌後，阿珩抿著唇，輕輕點了點頭，青陽心頭一暖。

昌僕湊熱鬧，搖頭晃腦地說：「大哥怎麼會不行呢？肯定是有什麼高妙的籌謀，只是我們看不懂，冰雹肯定下得非常有深意。」

嫘祖實在忍不住，噗哧笑出聲來，在昌僕的額頭上點了一下，「好伶俐的一張嘴，可碰上昌意這塊榆木疙瘩就什麼都不會說了，真是一物降一物。」

昌僕臉頰飛紅，把臉藏到阿珩肩後。

青陽心中又是酸，又是澀，又是暖，穩了穩心神，方把冰雹化作了大雪。

「走，我們去摘冰椹子。」昌僕拖著阿珩跑進桑林裡，拉著阿珩快樂地打著轉，阿珩被她帶得漸漸也開始笑。

昌僕拉著阿珩，回身朝昌意和青陽叫，「大哥，昌意，一起來摘冰椹子吧！」

昌意強推著青陽往前跑，青陽看似不情願，眉梢眼角卻隱有笑意。

嫘祖站在屋簷下，看著她的兒女們在雪中嬉戲，眼中含淚，唇邊卻綻開了最欣慰的笑容。

阿珩開始說話後，慢慢地想起了以前的事情，卻記得七零八落，有些事記得，有些事就完全不記得，比如，問她小時候的事情，她說得一清二楚，可問她在高辛的事情，她就忘記得一乾二淨。醫師說有可能那些回憶太痛苦，神識受損後選擇性地只記住了快樂的事情。

嫘祖毫不介意，昌意拍手稱慶，只青陽隱有擔憂，有的事情不是忘記了，就可以不去面對。

黃帝把阿珩的消息封鎖得很嚴密，世人只知高辛的大王子妃身體有恙，被少昊送回朝雲峰靜養，卻不知其中乾坤。

蚩尤因為重傷在身，連走路都困難，沒有辦法偷上朝雲峰，幸虧昌僕一直暗中給他傳遞消息，告訴他阿珩的身體正在日漸好起來，讓他無須擔心。

剛能自如行動時，蚩尤立即親赴朝雲峰求見，嫘祖和昌意都不同意蚩尤見阿珩。

青陽說道：「阿珩不是小孩子，見與不見應該由她自己決定。」他看著昌意，「再說了，蚩尤當年還是個無名小卒時，就敢迎著我的劍鋒上朝雲峰，如今他若真想見阿珩，誰又能攔得住？」

昌僕想到當日告訴蚩尤小妹有可能還活著時，蚩尤悲喜交加的神情，立即放下一切，不顧生死地來救小妹，昌僕站在了青陽一方，握住夫君的手，柔聲道：「讓小妹自己做主吧！」

宮女帶著蚩尤走過前殿，指指蜿蜒的山徑，「將軍沿著這條路走，王姬在前面等您。」

蚩尤腳步如飛，恨不得立即看到阿珩。

道路兩側都是鳳凰花樹，樹幹高大，紅色的鳳凰花迎風招展，地上鋪著厚厚一層紅色的落花殘蕊。阿珩一身青衣，站在鳳凰樹下，因為樹冠濃密，光線明暗不清，勾勒得她的身影異常輕薄。

蚩尤看到阿珩的剎那，腳步突然一步更比一步慢，只覺得心擂如鼓，又是心酸又是歡喜，兩百年來日日朝思暮想，如今卻近鄉情怯。

蚩尤輕輕地走過去，半晌後，才敢出聲，「阿珩。」那麼溫柔，似乎生怕一個不小心，就驚散了眼前的美夢。

阿珩姍姍回身，看到漫天淒迷的落花中，一個紅衣男子站在身後，神色似悲似喜，一雙漆黑的眼睛裡滿是纏綿熾烈的哀傷和喜悅。

阿珩笑著點頭，「我是阿珩，你就是神農國的蚩尤吧？」

蚩尤聽到前一句，眼睛驟然一亮，光華璀璨，那般真心的喜悅連阿珩都看得心頭突突幾跳，可聽完後一句，他眼中剛亮起的光華在黯淡，眼中激蕩著痛楚，竟然牽扯得阿珩的心都一抽一抽地痛。

阿珩抱歉地說：「我生了一場大病，很多事情都忘記了，聽大哥說你和我是舊識，可我實在不記得你了。」

蚩尤不相信，眼前的青衣女子和記憶中的阿珩一模一樣，是他朝思暮想了兩百年的人，是他願意付出一切換回的人，可兩百年後的再相逢，已成陌路，曾經的恩怨糾纏就好似完全沒發生過。

他寧願她恨他，也不願她忘記他！

「阿珩，我是蚩尤，是妳的……」是妳的什麼？蚩尤突然語滯了。他也不知道自己在阿珩心中究竟算是什麼。蚩尤急切慌亂地說著他和阿珩的一切，說著他們桃花樹下的許諾，竹樓中的纏綿……

阿珩臉頰飛紅，嗔怒道：「別說了！我都知道，大哥說了，他說我、說我和你……是情人。」阿珩咬了下唇，「大哥說是你和祝融把我逼落虞淵，是嗎？」

「表面上是祝融的錯，其實和祝融無關，全是我的錯！」

「不過大哥說也是你不顧性命地救活了我。」

蚩尤未說話，只是急切地看著阿珩。

阿珩微笑道：「你害死了我一命，又救了我一命，我們就算兩清吧，從此兩不相欠，好不好？」

蚩尤如遭雷擊，心口驟然一痛，神色慘然地盯著阿珩，似乎絕不敢相信這麼冰冷無情的話是出自阿珩的口。

阿珩笑道：「也許你和以前的那個阿珩真的很好，可我不是她，你和她的事情對我而言就像聽一個陌生人的故事，我不想背負著她的痛苦而活。蒼天給了我一次重生的機會，我想要重新開始。」

阿珩對蚩尤施禮，「我畢竟已經嫁作人婦，我和少昊都不是常人，我們的婚姻還事關國體，您貴為神農國的大將軍，想必也能體諒我的苦衷，以後煩請將軍視我為陌路。」阿珩舉手送客，「大將軍，請回吧！」

「阿珩！」蚩尤伸出了雙手，帶著渴望和悲傷，祈求一般伸向阿珩，想再次擁她入懷。

阿珩揮了下衣袖，火焰沖天而起，隔開了蚩尤和她。

阿珩後退幾步，帶著幾分不悅說：「縱使我們以前認識，可我已經把話說清楚，還請將軍自重。」

隔著熊熊烈焰，蚩尤悲笑道：「妳忘記了，我卻還記得一清二楚！」

阿珩皺眉，甩袖離去，不耐煩地說：「父王說少昊今日會來朝雲峰接我回高辛，我還要去收拾行囊，將軍自便吧！」

蚩尤想伸手拉住她，靈隨意動，幻出了藤蔓，纏向阿珩。阿珩神色驚慌，踉蹌後退，厲聲問：「你要做什麼？」

她驚慌的樣子好似兩百年前，蚩尤心中一痛，靈力散去，藤蔓消失。

阿珩快步跑著，不一會就消失不見。蚩尤失魂落魄地站在鳳凰樹下。

她忘記了，她都忘記了！

蚩尤只覺眼前天昏地暗，一切都失去了光彩。

阿珩忘記了他！

兩個宮女走來，彎身行禮，輕言輕語地說：「將軍，大殿下命我們送你下山。」

下午時，少昊到了朝雲峰，青陽讓宮女去稟告阿珩。

阿珩磨磨蹭蹭著不肯出去，又是換衣衫，又是檢查行囊，嫘祖笑催，「又不是今日就走，明日才出發，妳著急什麼呢？」

阿珩出來時，看到青陽、少昊、昌意和昌僕都坐在草地上，一邊喝酒，一邊欣賞著日落，不知道說了什麼，一陣又一陣的笑聲蕩漾在晚風中。夕陽將他們的身影暈染成了橙紅色，透著無限的溫暖。

阿珩默默看了一會，笑著衝過去，「大哥，四哥，嫂子。」

眾人齊齊回頭，少昊站起來，看著阿珩，竟然有幾分緊張。

青陽對阿珩說：「這就是妳的夫君少昊，他來接妳回高辛。」

阿珩安靜地行了一禮，少昊說：「我聽青陽說妳忘記了過去的事情。」

「嗯，有些事情記得，有些事情不記得了。」

「還記得我嗎？」

阿珩抱歉地搖搖頭，「我就記得娘和哥哥他們。」

少昊體諒地說：「那大概是妳最快樂的記憶，自然記得牢。」

少昊和阿珩相對尷尬地沉默著，都不知道說什麼好，青陽拿著酒壺自走了，昌僕悄悄地拽拽昌意的袖子，也離開了。

少昊問：「走一走嗎？」

阿珩點點頭，兩人並肩而行，少昊低聲講著他們在玉山第一次見面的事，又講了一些阿珩在高辛的生活瑣事，阿珩一直默默聆聽。

走到懸崖邊，阿珩停住了腳步，少昊也隨她站定，一起眺望著最後一點的落日。

懸崖下，茂盛的葛藤攀著崖壁而生，枝葉糾纏，鬱鬱蔥蔥，濃密的綠色中有一角紅衣，蚩尤附在藤蔓上，與藤蔓化為一體。

崖頂的兩人尷尬地沉默著，崖下的人屏息靜氣，只有山風吹著鳳凰花簌簌而落。

阿珩忽而鼻子深深地嗅了嗅，讚嘆道：「好酒！」

少昊笑起來，把酒壺遞給她，「這還是妳給我的酒方，雌滇酒。」

阿珩連喝了好幾口，才心滿意足地把酒壺還給了少昊，一來一往之間，尷尬消失了幾分。

喝得有些急，酒氣上湧，阿珩臉頰緋紅，頭上又落了幾片鳳凰花瓣，襯得她有了幾絲生氣。

少昊不禁想伸手拂去，阿珩下意識地一躲，少昊立即縮了手。

「對不起！」

他們異口同聲地道歉，又都是一愣，世間哪有這樣客氣的夫妻呢？

夕陽已經墜入虞淵，天黑了。

少昊站在懸崖邊，冷風過處，衣袂飄拂，落下的是無限蕭索，「阿珩，還記得我們在虞淵內說過的話嗎？」

阿珩皺著眉頭想了一會，抱歉地搖搖頭，「想不起來。」

「當時，我中了宴龍的偷襲，即將命絕，妳明明可以獨自逃生，卻為了救我，被困在虞淵中。我們兩個都以為死定了，臨死前，我和妳說如果有來世，我們做夫妻。」

阿珩微笑，「我們現在不就是夫妻嗎？」

少昊搖頭，「我們只是無奈地被軒轅和高辛捆到了一起。」

阿珩默不作聲，少昊輕聲說：「自從我們走上玄鳥搭建的姻緣橋，不管妳我是否願意，都注定要糾纏一生，如今老天給了妳一次來世，也許就是給我們一次機會。妳願意試一下嗎？給妳我一次機會，做真正的夫妻。」

阿珩沒有回答，凝望著蒼茫的虛空，不知道在想什麼。

少昊問：「妳還記得蚩尤嗎？」

「不記得了。」

少昊想說什麼，阿珩趕著說：「既然能忘記說明也不打緊，忘就忘了吧！」阿珩笑了笑，盯著少昊：「大哥說我和蚩尤是情人，你介意我和他之間的事嗎？」

少昊道：「當然不會。妳我姻緣早定，我若有心，誰都搶不走，是我自己推開了妳。」

「那你現在為什麼又想做夫妻了？」

「我……我……新婚時，和妳定了盟約，讓妳做我的假王子妃。」向來從容的少昊竟然結結巴巴，透著緊張，「現在，我後悔了。」

阿珩盯著少昊，似乎想看透少昊的心。少昊只覺心跳如雷，好像整個天地都在這一刻消失了，唯有眼前的阿珩清晰分明，一呼一吸都撕扯著他的心。

半晌後，阿珩把手伸給少昊，說道：「那好，我們重新開始，不管以前發生過什麼，以後我會做你真正的王子妃。」

崖下忽有一聲急促的喘氣聲，少昊提掌凝力，卻看一隻老山猿從崖下掠出，抓著藤條蕩到了樹上。

少昊散去靈力，握住阿珩的手，把她拉進懷裡，遲疑了一下，在她額上輕輕吻了一下，阿珩依偎著他，沒有拒絕。

少昊緊緊抱住了阿珩，在她耳畔許下今生最鄭重的諾言：「我要的不僅僅是王子妃，我還要妳是我的妻子，一生一世，一心一人。」

阿珩身子猛地一顫，想抬頭說什麼，少昊用力摁住了她的頭，喃喃低語，「什麼都別說，我什麼都不想聽，妳只需記住我的諾言就好了。」

阿珩能感受到他掌間的微顫，似一種無聲的乞求，半晌後，她俯在他的肩頭，慢慢閉上了眼睛。

山亭中掛著的火明珠發出明亮的紅光，從少昊和阿珩身上照過，在對面的崖壁上投下兩個黑色的影子，相依相偎，親暱恩愛。

蚩尤背貼山崖，懸在藤蔓上，恰好面對著崖壁上的影子圖。

蚩尤面色蒼白，眼睛直勾勾地盯著相擁的影子圖，野風吹來，藤蔓被吹得一起一伏，蚩尤也就隨著藤蔓蕩來蕩去，猶如一片孤苦無依的秋葉，在冷風中，搖搖欲墜。

第二十章 天能老，情難絕

功名利祿算什麼呢？
能讓一個人真正的歡笑才是天下至難！
阿珩用力抱住了蚩尤，天色在漸漸黑沉，
可她的心裡有一個太陽，明亮溫暖。

蚩尤悲傷地凝視著崖壁上相依相偎的影子。

若換成其他人，此時朝雲峰上有少昊、青陽兩大高手，自己又重傷未癒，要麼知難而退，徐圖之，要麼另謀他策，可蚩尤的性格中連轉圜的餘地都沒有，有的只是奮不顧身的一往無前。

他眼眸中的悲傷漸漸被狠毅取代，突然拽著青藤，一蕩而起，揮刀砍向少昊。

猝不及防間，少昊用足靈力，想把對方逼退，不料硬碰硬了一下，被震得半邊身子麻木，對方卻未退半步，他心下駭然。

蚩尤左手橫刀胸前，右手抓著阿珩，嘿嘿一笑，「少昊，這些年你沒什麼長進啊！」

少昊看清是他，知道不會傷到阿珩，反倒放下心來，右手虛探，握住了一把白色的水劍，淡笑道：「將軍倒是大有長進，不會被我一下就打落水中了。」

蚩尤不以當年為恥，反而笑著說：「所以這一次我要把阿珩帶走了。」拽著阿珩就要走，不想少昊的左手依舊握著阿珩，沒走掉。

少昊的水劍攻向他，蚩尤也不敢輕敵，反身回擊，因為兩人都抓著阿珩，怕傷到阿珩，所以收斂著靈力，招式一觸即散，只看在一個小小的圈裡，刺眼的刀光劍芒閃爍不停。

阿珩被拽得歪歪扭扭，又突見蚩尤，心神激蕩，靈力不受控制，身體變得滾燙，以少昊和蚩尤的靈力都禁受不住，下意識地鬆開了她。

阿珩腳邊的青草野花在迅速枯萎，連懸崖下長著的葛藤葉子都開始發黃，少昊和蚩尤驚訝地盯著她，阿珩修煉的是木靈，怎麼會毀損草木之靈？

阿珩看到他們的眼神，生了自厭自棄的心，後退幾步，冷冷說道：「你們現在發現了，我早已經不是以前的阿珩。」

少昊思索著這是怎麼回事，蚩尤卻眼中只有阿珩，壓根不去想這些，看她正好站在懸崖邊上，大笑著撲向阿珩。

少昊揮掌，一條白色的巨龍撲向蚩尤，想把蚩尤逼開，蚩尤卻未閃未避，任由巨龍襲身，不管不顧地抱住阿珩。

龍頭打到蚩尤背上，蚩尤被打下懸崖，阿珩也隨著他墜下。

「啊——」

阿珩尖叫著，下意識地緊抱住蚩尤，風聲呼呼地在耳畔吹過，青絲飛起，迷亂了她的眼睛。這一刻，萬丈懸崖，兩人落如流星，命懸一線，她的世界被逼得只有了他，不得不依靠他。

阿珩瞪著蚩尤，眼中似恨似怨，「放開我！」

蚩尤背上挨了少昊一掌，懷裡的阿珩又燙如火炭，痛得他齜牙咧嘴，卻嬉皮笑臉地說：「不放手，妳殺了我也不放手！」

少昊看到阿珩也被帶下懸崖，忙召喚玄鳥，飛躍而下，急急追來。

眼看著蚩尤和阿珩好像就要摔死時，蚩尤長嘯，逍遙從谷底飛掠而出，接住了蚩尤和阿珩，一個盤旋提升，向遠處飛去，蚩尤回頭看了看少昊，居然得意洋洋地咧嘴一笑，做了個鬼臉。逍遙一振翅，就消失不見，遨遊九天的大鵬根本不是玄鳥所能追趕。

少昊呆立在玄鳥背上，痴看著長空浩蕩，晚風清涼，山嵐聚，霧靄散，他的指間似乎還有阿珩的餘溫，可是，她又一次從他指間離去。

少昊心內滋味複雜，他當然可以調遣手下的力量去搜尋阿珩，可是他能嗎？在難以分辨的悲傷中，隱隱竟然對蚩尤有一點羨慕，張狂無忌、隨心所欲也許是所有男人的夢想，可真正不怕生死、不計得失、不懼世人眼光的人又有幾個？

逍遙的速度比兩百多年前更快了，不過盞茶工夫，就進入神農國內，速度漸慢，越飛越低，落在九黎。

「放開我！」阿珩用力掙扎著，想甩脫蚩尤。

蚩尤拿出一截龍筋，把自己的左手和阿珩的右手捆在一起，打了一個死結，決絕地說：「什麼時候妳想起我了，什麼時候我解開它。」

阿珩氣得怒嚷：「我一輩子都想不起來呢？」

「那我們就這麼一輩子。」

蚩尤強拖著阿珩往前走。

在這個遠離紅塵繁華的地方，兩百年的時光就像是不存在一樣，一切都是老樣子。

鳳尾竹間的竹樓依舊是老樣子，半新不舊，竹臺上停著幾隻不知名的鳥，唧唧喳喳地叫著。

白色石塊砌成的祭天臺，因為日日維護，絲毫不見陳舊，潔白如新，周圍懸掛的獸骨風鈴有的潔白，有的泛黃，和以前一樣，風一過，就叮叮噹噹地響著。

祭臺的外面，全是桃樹，枝繁葉茂，鬱鬱蔥蔥。兩百年前，這裡還沒有這麼多桃樹，看來是這兩百年間栽下。

蚩尤推開竹樓的門，把阿珩拖到竹臺上，「還記得這裡嗎？」

阿珩冷冰冰地說：「不記得！」

蚩尤指著山坡上的桃樹問：「記得那裡嗎？」

「不記得！」

他抱著阿珩躍下竹台，從桃林間慢步走過，「有沒有想起一點過去？我們曾許諾不管身在何處，當桃花盛開時，都相會於桃花樹下，不見不散。」

阿珩看著四處的桃樹，若有所思，蚩尤滿面期盼。

阿珩忽然淡淡一笑，「我倒是想起有一次我和少昊相逢於桃花樹下，那天正好是高辛的放燈節，他帶我去看河燈，我們同乘玄鳥，從高空俯瞰高辛，整個大地星辰密布，可真美啊！」

蚩尤神色難看，緊緊地抓著阿珩的手。阿珩不耐煩地說：「不要白費時間，忘記了就是忘記了。」

蚩尤牽著阿珩走到一株大桃樹下，「還記得這裡嗎？」

阿珩無聊地打量了一眼，「一株比別的桃樹更大的桃樹。」

蚩尤握著她的手去摸樹上刻的字，「這些字呢？」

阿珩淡淡看了幾眼，嗤地譏笑，「寫這麼多的蚩尤做什麼？難道是以前的那個阿珩寫的？她可真夠閒的！」

「妳我約定桃花樹下不見不散，可是我失約了。第一次，因為炎帝當日亡故，雲桑下令封山，我沒能趕來；第二次，因為我怒妳嫁給了少昊，以為妳已經變心，收到妳的衣袍後，雖然明白了妳的心意，可又恨妳水性楊花，但其實我來了。看看我身上的衣袍！我當時扔了以後，又撿了回去。」蚩尤強把阿珩的手摁到她用簪子刻的字上，「妳罵得很對，『既不守諾，何必許諾？』諾言的意義就在於明知不能為、不可為時，也要拚命做到。」

阿珩手指冰涼，沒有任何反應，蚩尤把她的手摁在心口，「今生今世，永無第三次！」

阿珩甩脫了他的手，冷冷說：「即使我需要男人的諾言也自會去找我的夫君少昊要，不勞您多事！」

蚩尤神色黯然，默站了一瞬，拉著阿珩繼續邊走邊看周圍景致，行到祭臺邊，他拖著阿珩坐下，「兩百年不見，妳就不想知道這些年我做了些什麼嗎？」

阿珩好笑，「我壓根不記得你了，幹嘛要關心你做過什麼？」

蚩尤悲傷地看著阿珩。阿珩低下頭，撕扯著龍筋，想把它解開。

他們的面前是百畝桃林，山風吹過，綠葉翻滾，猶如綠色的波濤，祭臺四周的風鈴時急時緩地響著。

叮噹、叮噹……

反反覆覆的聲音越發凸顯出山野的靜謐。

良久的沉默後，蚩尤低沉的聲音乍然響起，「妳認識的巫王已經死了，米朵和金丹也走了。米朵老時，一直想再見妳一面，說什麼都不求，就是想再給妳做頓飯吃。她一遍遍追問妳的下落，我卻無言以對。米朵惦記著妳愛喝酒嘎，每年都把最好的酒嘎用石罈封好，埋在桃樹根下，這邊的幾十株桃樹，每株下都埋著一罈米朵為妳做的酒嘎。她老得眼睛都看不清時，依舊掙扎著為妳做了一罈酒嘎。」

阿珩解龍筋的手不知不覺中停了，凝視著桃林，咬著唇，一聲不吭。

「頭幾十年，每年四月，我來九黎時，都和他們一塊喝酒嘎，金丹陪著我種桃樹，米朵把酒罈埋到樹下，我喜歡聽他們談論妳，感覺上就好似妳仍在。後來他們都走了，只剩下我一個，無數個夜裡，輾轉反側，夜不能寐，我真正理解了師傅的感受，漫長的生命就是最大的懲罰，很多時候我會縱聲大笑，因為，我活該！」

蚩尤的頭深埋著，阿珩看不到他的表情，但能看到他鬢角的白髮，以他的年齡和神力，實不該如此。她輕嘆了口氣，溫和地說：「反正我已經全都忘記了，你也不必愧疚，你就當作我壓根沒有復生，把我全忘了吧！」阿珩一邊說話，一邊居然悄悄地解開了龍筋。

蚩尤沉聲問：「要怎麼樣妳才能原諒我？」

阿珩猛然跳起，撒腿就跑，「讓我重新開始，我就原諒你。」

蚩尤反應十分機敏，立即就追上來，在桃林中抓住了她。阿珩又踢又踹又罵，「我已經全忘記了，我想重新開始，我就要重新開始！」

蚩尤神色悲痛，默默地盯著她，一瞬後，突然把她用力抱起，扛在肩頭，躍到逍遙背上，

阿珩不停地打著蚩尤，「放下我，放下我！」蚩尤沒有任何反應，只是駕馭逍遙疾馳。

一會後，逍遙落在了一處曠野中。蚩尤像栽蔥一般，把阿珩立到地上，阿珩剛一站穩，轉身就逃。

「好，讓妳重新開始！」

蚩尤倒不著急，倚著逍遙，好整以暇地說：「妳跑吧，跑一次，我抓一次，看看是妳跑得快，還是我追得快。」

阿珩腳步一頓，回過身，又是無奈、又是憤怒地問道：「你究竟想做什麼？」

「妳不是要重新開始嗎？我們就重新開始！」

阿珩對蚩尤不停地作揖行禮，近乎哀求地說：「蚩尤，蚩尤大將軍，我已經忘記了你，你堂

堂一國大將，何必再糾纏不休？比無賴還不如！」

蚩尤靠著逍遙，抱臂而笑，滿不在乎地說，「我就糾纏不休又如何？我就是個無賴又如何？」

阿珩氣得雙目噴火，破口大罵，「混蛋，禽獸，野獸，禽獸不如的混蛋，蛇蠍心腸……」

蚩尤笑咪咪地聽著，邊聽邊點評，「這句『禽獸不如』罵得很好，禽獸當然不如我了，牠們見了我逃都來不及！蛇蠍心腸……」蚩尤咂吧著嘴，搖搖頭，「不好，不好！太娘氣了！妳好歹想個更毒辣的野獸來比喻……」

阿珩氣得渾身打顫，理也講不通，罵也罵不過，怒火上頭，直接動手！

幾團赤紅的火焰飛向蚩尤，蚩尤撒腿就跑，阿珩追在後面，七拐八繞，竟然跑進了一個城池中，應該是個節日，大街上人來人往，歡聲笑語不絕於耳。

有好打抱不平者看一個瘦弱女子追著一個魁梧大漢跑，不禁動了憐香惜玉的心，時不時踢根木頭扔塊瓜果，阻攔著蚩尤。

蚩尤在人群中鑽來鑽去，每次看似阿珩就要打到他，他又如泥鰍一般溜了，氣得阿珩什麼都顧不上，一心只想抓住他。

蚩尤邊跑邊叫，「好媳婦，我知道我這次錯了，讓妳傷心了，下次再不敢了，我一定信妳，敬妳，疼妳，護妳……我不會相信我聽到的，也不會相信我看到的，我只相信我心感受到的！好媳婦，妳饒我一次，就這一次……」

原來是小倆口鬧架，眾人都大笑，一邊笑，一邊七嘴八舌地勸。

阿珩不知是氣還是羞，滿面通紅，泫然欲泣，恨跺著腳對蚩尤嚷，「我是少昊的媳婦，不是你的！」

蚩尤腳步立停，回身盯著阿珩，似傷又似怒，硬邦邦地說：「他休想！」

阿珩看到他的樣子，自己的氣反倒消了，笑笑地說：「我樂意，他就能想！你可管不著！」

蚩尤的臉色越發難看，阿珩越發高興，也不想打蚩尤了，竟然轉身要走。

蚩尤凝視著她的背影，壓下胸腹間的不舒服，強行凝聚靈力。

從南邊傳來幾聲悶雷一般的聲音，好似什麼東西炸裂了，幾道紅光沖天而起，剎那間，南邊的天空已經火海一片，整個城池都籠罩在紅光中。

所有人都看向南邊，目瞪口呆，沒有一絲聲音，整座城好似變成了死城。一瞬後，有老者高舉雙臂，哭嚎道：「天哪！博父山的山神又發怒了！」

不管男女老幼都跪倒在地，對著博父山跪拜，泣求山神息怒，有人哭叫：「我們去求西陵娘娘。」眾人紛紛附和，人群匯聚在一起，一步一跪，朝著城外的祭臺而去。

阿珩倉皇地打量著四周，這才明白為什麼她總覺得似曾相識，原來這裡竟然是博父國。天邊的瀲灩紅光，遮蓋了星辰，黯淡了燈光，大街小巷都籠罩在迷濛的紅光中。蚩尤一身泣血紅袍，站在街道中央，腳踩大地，頭望蒼天，凝然不動，好似世間萬物都不看在眼內，也全不在乎。

阿珩驚駭地盯著他，「你是個瘋子！」

蚩尤含笑道：「兩百七十年前，有個叫西陵珩的女子，滅了祝融的練功爐，救了博父國，至今博父國內到處都是西陵珩的祭壇，今日就是祝禱西陵娘娘的滅火節。兩百七十年後，蚩尤點燃了博父山，妳若今日離開，那就讓它燒著去吧！我倒是看看如今的天下誰有膽子滅蚩尤的火爐？」兩百年來，在蚩尤的雷霆手段、鐵血政策下，蚩尤的名字在神農國等同於死亡，根本無人敢違逆。

阿珩默默凝視著天際的紅光。

孩子的哭聲，人群的跪拜祈求聲，聲聲傳來。

一會後，阿珩向著紅光走去。

蚩尤默默地跟隨在她身後，只要他不想放手，那麼不管天命如何，他都會把命運拖回來。阿珩想重新開始，那麼就重新開始吧！不過——不是和少昊，而是——要從他們認識的地方開始。

火勢猛烈，博父山下到處都是滾燙的氣柱、融化的岩漿。

阿珩小心翼翼地走著，身後突然傳來一聲痛哼，她腳步頓了一頓，沒有回頭，可也不敢繼續往前走了，謹慎地後退幾步，一聲巨響，滾燙的氣柱從地下噴出，把四周的岩石擊得粉碎。

蚩尤的笑聲傳來，「好媳婦，妳怎麼停下了？」

阿珩氣得直磨牙，恨不得立即離開，永不要再見蚩尤，可更知道他說到做到，今日她若離開，博父山的火會永遠燒下去。

阿珩繼續走著，蚩尤在她身後嬉皮笑臉、油嘴滑舌，逗著阿珩說話，一口一個「好媳婦」。

阿珩滿肚子怒氣無處可發，只能緊咬著牙，一聲不吭。

行到一片坑坑窪窪的泥漿地，阿珩舉步而入，蚩尤「咳咳」的咳嗽聲不停地傳來。

阿珩忍不住冷笑，不但不理會他，反倒走得越發快。

黃色的氣泡帶著地底的毒煞汩汩冒出，蚩尤咳得聲嘶力竭，阿珩卻就是充耳不聞，昂著頭，走得怡然自得。

「唉！我倒是忘記了，好媳婦學過《神農本草經》，這點地煞毒怎麼會難倒她呢？看來妳把老頭子的東西記得很牢嘛！」笑聲從身後傳來。

阿珩氣得狠捏拳頭，想要捏死自己，她是沒進狼窩，入了虎洞，梗著脖子說道：「我本來就是有些事記得，有些事不記得，有什麼大驚小怪？」

阿珩如今的身體孕育在虞淵，誕生在湯谷，並不懼火，走得比以前輕鬆，花費以前的一半時間就到了博父山腳下。

她向山上攀援，蚩尤跟在她身後，哼哼唧唧地喊著痛，「好媳婦，妳走慢點，我痛得很，爬不動了。」

阿珩不理他，只心內咒他，裝！裝！你就往死裡裝吧！

幾個火球飛落，阿珩躲都沒躲，甩袖輕揮，火球被她輕鬆地打開。身後卻傳來一聲短而急促的慘叫，阿珩實在受不了，冷嘲道：「大將軍，你裝了一路不累嗎？」

「好媳婦，救我……」

阿珩無奈地搖搖頭，繼續走自己的路。

走了半晌，身後再沒有一點聲音。

這一路之上，蚩尤不是在後面油腔滑調的逗阿珩，就是哼哼唧唧地喊疼，阿珩聽得又煩又氣，可這會沒了他的聲音，又覺得若有所失。

「蚩尤，你怎麼不裝了？」

沒有聲音，阿珩心內七上八下，哼，不知道又是什麼詭計！我才不會上當！

她強忍了半晌，終是忍不住，裝作整理裙裾，彎下身子，偷偷向後看，卻壓根不見蚩尤。

她立即回身，四處張望，漫天煙火中，不見那襲張狂耀眼的紅袍。

她匆匆往回跑，看到蚩尤昏倒在路邊，滿身泥汙，幸虧有一方凸起的石頭擋著，才沒有摔下懸崖。

阿珩蹙眉，「喂，你別裝死好不好？」

沒有聲音。

阿珩猶豫地走過去，檢查了下他的身子，這才發覺蚩尤可不是裝傷，他的確是重傷。

蚩尤在滅魔陣中傷得很重，本就舊傷未癒，為了劫走阿珩，生生挨了少昊一掌，沒有調息就駕馭逍遙疾馳趕路，又不顧傷勢，強行匯聚靈力把博父山點燃。一路而來，他一直強壓著傷勢，勉力支撐，此時再壓不住，已是力竭神昏。

蚩尤全身滾燙，迷迷糊糊地睜開眼睛，臉都被燒得發紅，卻還是嬉皮笑臉：「好媳婦，又要妳背我了。」

阿珩瞪著蚩尤，氣得呼哧呼哧直喘氣，喘了半晌的氣，卻無計可施，只能把蚩尤背了起來，「警告你，你再敢胡說八道，我就把你扔到火眼裡去，燒死你！」

「妳捨得嗎？只怕是傷在我身，痛在妳心。」蚩尤傷得已經走都走不動，可一張嘴皮子依舊油腔滑調，占著阿珩的嘴頭便宜。

阿珩走到懸崖邊，作勢欲扔，蚩尤忙討饒，「捨得，捨得，妳捨得！」

阿珩「哼」了一聲，背著他繼續走。

蚩尤燒得昏昏沉沉，頭軟軟地俯在阿珩肩頭，卻忽然低聲笑起來。

「你笑什麼？」

「笑妳傻啊！我當年為了試探妳，把自己變得和一座小山一樣沉，妳卻一點都沒察覺異樣，背得滿頭大汗，還擔心我被火傷著。」

阿珩恨恨地咬了咬牙，嘴裡卻淡淡說：「你如此多疑自私，難怪我會忘記你，看來都是你自作自受。」

蚩尤半晌都不搭腔，阿珩又擔心地叫他，「你可別睡過去，別讓山上的熱毒入了心脈。」

蚩尤臉貼著阿珩的脖頸，在她耳畔低聲說：「阿珩，我是自作自受。」

阿珩不吭聲，爬到山頂，把蚩尤放下，「你堅持一會，我去把這火徹底滅了。」

蚩尤拽著她，「還是我來吧！」

阿珩氣結，「瘋子！點火是你，滅火也是你，你不把自己的命當命無所謂，可你別不把別人的命當命！」她甩脫了蚩尤的手，「老實待一邊去！」

阿珩拔下髻上的玄鳥玉簪，這是高辛歸墟內萬年水靈凝聚而成的水玉，可避火、幻形、療傷，真正的稀世之珍，是當年高辛送的聘禮，她一直未戴過。這一次，嫘祖為了讓她身體盡快康復，尋出來為她戴上，沒想到……

阿珩暗嘆一聲，把水玉簪子拋出，簪子化作了一隻水藍色的玄鳥，清脆鳴叫著。在阿珩的靈力催動下，玄鳥揮動翅膀，朝著火焰飛去，不愧是萬水之眼的水靈，地火在它面前迅速消褪，玄鳥繞著博父山一圈又一圈飛著，直到火勢盡滅，它緩緩落在山頭，化作鳥狀石峰，封住了火眼。

火光滅去，天色異樣黑沉，阿珩仰頭看著天空的星星，星羅密布，分外璀璨，一閃一閃，好似顆顆寶石。

阿珩回身，看著蚩尤，一頭青絲失去了綰束，披垂而下，星光下，有一種欲訴還休的嫵媚。

蚩尤懶懶地斜倚著石頭，看著阿珩，滿面笑意。

阿珩扶起他，「你打算去哪裡養傷？」

「九黎。」蚩尤的手從她髮間順過，隨手把她的頭髮綰起，用駐顏花簪上。

阿珩面色驟變，立即拔下，扔還給蚩尤，「我送你一程，最後一次！若你再糾纏不休，軒轅和高辛兩族絕不會客氣！」阿珩眉目森冷，難得的有了王族的殺氣。

蚩尤神色黯然，默不作聲，靠著阿珩，身子滾燙，呼吸紊亂。

也不知道他和逍遙心意如何相通，逍遙悄無聲息地出現，流星般落下。阿珩半抱半扶著蚩尤，坐到逍遙背上，「逍遙，你飛慢點，蚩尤有傷，我的靈力駕馭不了太快的速度。」

逍遙輕輕頷首，展翅而起，徐徐飛向九黎。

晚風清涼，繁星滿天，逍遙平穩地飛著，阿珩不想理蚩尤，只專注地欣賞著周圍的景色。

飛出博父國後，星星漸少，阿珩正惋惜，卻看見雲海中一輪巨大的圓月，雲追月，月戲雲，別是一重風景。

蚩尤低聲說：「那一次我去朝雲峰找妳，阿獙帶著我們逃走時，也是這樣明亮的月色，當時我雖然被妳大哥打得重傷，可心裡真歡喜。」

阿珩閉上了眼睛，壓根不再去看月亮，用行動回答了蚩尤。

蚩尤看著冰冷的阿珩，忽而不確定起來，天傾了，可以扶，地覆了，可以撐，但碎了的心能補嗎？用什麼去補？

逍遙落下，阿珩睜開眼睛，打量了一下四周，說道：「這不是九黎，你把我們帶到了哪裡？」

逍遙不理她，自顧自展翅而去，把阿珩和蚩尤丟在了荒山野嶺間。

阿珩氣得直跺腳，蚩尤欺負她，連他的鳥都欺負她！

「蚩尤，蚩尤，醒一醒，我們迷路了。」阿珩搖著蚩尤。

蚩尤燒得昏昏沉沉，難受得皺眉頭。

阿珩摸了摸他的脈息，看來是等不到九黎了，必須先給他配些藥療傷。她看了看周圍，兩側青山起伏，草木茂盛，一條小溪在山澗中蜿蜒穿行。

阿珩背起蚩尤，沿著小溪而行，邊行邊尋找著草藥。

隨著山勢開闔，溪水忽而急促，忽而輕緩，阿珩背著蚩尤，畢竟不便，石頭又滑，走得歪歪扭扭，裙子鞋子都濕了，所幸倒真找到了不少草藥。

行到一處，小溪匯聚成一汪潭水，潭邊參差錯落著石塊，阿珩揀了一塊平整的青石，把蚩尤放下。

把草藥碾碎，用山澗泉水給蚩尤灌下，又脫下他的衣衫，用十幾枚大小不一的松針，凝聚靈力刺入他的穴道，疏導著他的靈氣，緩和著他的傷痛。手邊沒有靈草神藥，阿珩只能在他頭頂足下燃了艾草，完全用靈力來拔出他體內的熱氣，蚩尤的燒慢慢退了。

一番忙碌完，阿珩畢竟也是重傷初癒，累得手腳發軟，癱坐在一旁休息。

水潭四周怪石嶙峋，草木蔥蘢，月光從林間篩落，星星點點落在石上，月照樹，樹映泉，泉動石，石托影，靜中有動，動中含靜，美妙難言。

阿珩深吸了幾口氣，只覺心神舒暢。她的鞋子衣裙都濕透，又沾染了不少泥汙，穿著很不舒服，她看蚩尤鼻息酣沉，一時半會醒不來，遂輕輕脫去衣衫，滑入了水潭中，把衣衫鞋子洗乾淨，搭在青石上，探頭看看蚩尤，他仍在昏睡，她就又放心大膽地在水潭裡游著。

她從這頭游到那頭，再從那頭游回來，和水中的魚兒比賽著誰快，只覺塵世的一切煩惱都不存在了。

四周山色如黛，山峰高聳入雲，天變得很窄，月兒就掛在窄窄的天上，阿珩仰躺在水面上，伸手去碰月，知道碰不到，可仍喜歡不停地伸著手，也許是喜歡伸手摘月的肆意動作，讓人心中無限歡喜，也許是喜歡看水珠從指間紛紛墜下，銀色的月光照得水珠好似一顆顆晶瑩的珍珠，叮叮咚咚地落在平整如鏡的潭面上。

突然，幾片緋紅的桃花瓣飄下，落在阿珩的面頰上，阿珩拈著桃花瓣，驚疑不定，這都已經仲夏了，哪裡來的桃花？仰頭望去，只看四周的山峰，山頂突然變成了紅色，紅色繼續向下蔓延，短短一會，從山頂一路而下，千樹萬樹桃花，摧枯拉朽、氣勢磅礡的怒放，一團團，一簇簇，紅如胭脂，豔比彩霞，令黑沉沉的天地突然變得明豔動人。

月色如水，輕柔的灑落，桃花瓣簌簌而落，猶如春雨，一時急，一時緩，沾身不濕，吹面不寒，只幽香陣陣。

看著漫天花雨，阿珩猶如做夢，恍恍惚惚地回身，蚩尤坐在石上，微笑地凝視著滿山澗的桃花，臉色慘白，身子輕顫，顯然這一場逆天而為的舉動損耗的靈力很大。

「我為你療傷不是讓你去逆時開花。」

蚩尤仰頭看著月亮，自顧自地說：「五百多年前，我的靈力還很低微，祝融帶著一群神族高手來追殺我，我受了重傷，四處躲藏，卻怎麼逃都逃不掉，逃到此處時，我心裡明白我活不長了。我寧願摔死，也不願意死在祝融手裡，當我絕望地從山崖縱身躍下時，突然看到一個青衣少女一手挽著裙子，一手提著繡鞋，走入了山澗。當時正是桃花盛開的季節，那一晚的桃花就像現在一樣落著，繽紛絢爛，美如夢境……」

蚩尤伸手接了一把桃花雨，微笑地看向阿珩，「那個少女就和現在一樣在水裡玩著，好似山精花魂。我躲在山頂，看著她，感受到了春天的勃勃生機，我就像那些春天突然發情的野獸，身體真正甦醒，一個瞬間靈智隨著身體的甦醒真正打開，第一次明白自己是誰。」

蚩尤滑下石頭，走入水潭，朝著阿珩走來，阿珩口乾舌燥，往後退，所幸水潭上落滿了粉粉白白的桃花，看不見她的身子。

蚩尤說：「我不知自己有無父母，不知自己從何而來，自我記事，就和山中的野獸在一起，但我和虎狼豹子長得完全不一樣，我小時也曾很好奇為什麼自己和牠們都不一樣，為什麼牠們都有無數同伴，我卻孤零零一個，我也好希望自己有一個同伴，我偷偷接近山寨，偷偷看孩童戲耍，學著他們說話，學著他們走路，甚至偷了他們的衣服，把自己打扮得和他們一樣，想和他們一起玩，可是小孩們用石頭丟我，女人們用火把燒我，男人們用箭射我，我只能逃進深山。」

蚩尤指著自己的心，「那時候，我靈智未開，還不明白為什麼我這裡會那麼難受，我憤怒地殺死他們的家畜，毀掉他們的房子，讓他們一見我就逃，再不敢射我打我，可我這裡沒有好過，反倒更加難受，我躲在黑暗中偷窺他們，發現他們喝酒時都會在一起歡笑，我偷了他們的酒，學著他們喝酒，以為一切歡笑的祕密藏在酒桶裡，可直到我練得千杯不醉時，依然沒有發現任何祕密。究竟怎麼樣才能歡笑呢？」

蚩尤仰頭看著天上的月亮，神情迷惘，阿珩從未見過他這麼無助，即使今日的他已經強橫四海，可那個孤獨困惑憤怒的小蚩尤依舊在他體內。

「炎帝說要帶我去神農山，我表面上很不情願，要他請我、求我、討好我，其實心裡樂開了花，從來沒有人請我到他家去玩，炎帝是第一個。在神農山，我跟著炎帝學習做人，那裡有很多和我一模一樣的人，我可以和他們一起坐在篝火旁喝酒，可是我比在大山裡更孤單。在山裡時，我至少可以自由自在地躥高躥低，高興了就尖叫，不高興了就亂嚎，可在神農山，我不能像野獸一樣沒規矩，那些和我一樣的人總用刀子一樣的目光看著我，他們既害怕我，又討厭我，笑咪咪地叫我禽獸，我傻傻地一遍遍答應，還為了能和他們一起玩，做各種他們要求的動作，學狼爬行，學猴子在枝頭跳躍，他們衝著我大笑，我也衝著他們傻傻地笑。直到榆罔看到，訓斥了他們，我才明白禽獸不是個好話，他們叫我做的每一個動作都是在羞辱我，我討厭他們的目光，討厭他們的笑聲，不想做人了！我搗毀了學堂，逃出神農山，榆罔星夜追來，勸我回去，我罵他、打他，讓他滾回去，他卻一直跟隨著我，他說『只要你有真正想去的地方，我就離開。你想去哪裡？』我呆站在曠野，不知道該如何回答他。山中的野獸換了一茬又一茬，早已經不是我當年認識的野獸了，這座山或者那座山對我沒有任何意義，都只是一座山，四面八方都是路，可我該走向哪裡？東西南北對我沒任何意義，也沒有任何區別。我站在路口發呆，從深夜站到清晨，從清晨站到傍晚，天下之大，我竟然不知道該去哪裡。榆罔一直陪我站著，他問我『你為什麼願意跟隨父王回神農山？為什麼想做人？』我想起了那個山澗中的少女，當我在山頂嗥叫時，她仰頭看到我，對我粲然而笑。」

蚩尤低頭看向阿珩，「想起她的那一瞬，我突然覺得做人並不是一件沒意思的事情，即使僅僅為了擁有一刻那樣的笑容。榆罔看到我的表情，明白我心有牽掛，溫和地說『做人並不是那麼壞，對嗎？我們回去吧。』我跟隨榆罔返回了神農山。」

阿珩看著蚩尤，嘴巴吃驚地半張著。蚩尤溫和地笑了，「四百七十年前，在這個山澗中，我第一次看到妳。妳肯定已經記不得了。」

阿珩咬著唇，什麼都沒說。那個夜晚，一隻野獸在懸崖頂對月長嗥，她仰起了頭，歡喜地笑著揮手，因為那一刻，天地不僅屬於她，還屬於牠。

蚩尤和阿珩面對面，站在水潭中，桃花紛紛揚揚，落個不停，好似籠著一層粉色的輕紗，兩人的面容都朦朧不清。

蚩尤看著迷濛的桃花雨，慢慢說道：「在炎帝的教導下，經過兩百年的刻苦學習，我已經是一個很像人的人了，我懂得品茶飲酒，懂得撫琴吹笛，也懂得行繁冗無聊的禮節，說言不及義的話。兩百七十年前，祝融用博父山的地火練功，以致博父國火靈氾濫，四野荒蕪，榆罔那個心地善良的呆子聽說了此事，求我來博父國查看一下虛實。當我查清一切，準備離開時，驀然回首間，我又看見了那個青衣女子，她從漫天晚霞中，向我款款走來，驚喜讓我一動不能動，可是，我不敢接近她，我竟然匆匆地想逃跑。」

阿珩張了張嘴，卻什麼聲音都沒發出，蚩尤做事向來勇往直前，竟然也會有膽怯？

蚩尤說道：「六百多年前，有一個小男孩跟著父親入山打獵，父親被老虎咬傷，他也要被老虎吃掉，我看著那個小男孩心裡好歡喜，就救了他們，留下小男孩和我一起玩，我帶他去坐老虎滿山跑，讓猴子從峭壁上摘最好吃的果子給他，捉了小鳥給他唱歌聽，我帶他去看我的每一個洞窟，把我最柔軟的窩給他睡，我好歡喜和他一起玩，以為他也很歡喜和我玩，可沒想到他心裡一直想回村子，只是天天裝著和我玩得很開心，我那時只知道歡喜就叫，不歡喜就嚎，我以為兔子不喜歡和狼玩，自然一見狼就逃，壓根不懂人的複雜心思。一段日子後，等他知道了我的每一個洞窟後，他父親和一大群獵人來殺我。」蚩尤頓了一頓，淡淡說：「是他領的路。」

阿珩眼中隱有淚光，蚩尤冷冷一笑道：「我九死一生，不過最終還是活下來了。我把他、他的父親，和所有獵人都殺了！幾個村子的人為了除掉我，約定放火燒山，我只能逃，他們發現我身上有箭傷，一直追在後面，我逃了一座山又一座山，逃到九黎。我躲在水底下，聽到他們要九黎族人幫他們殺我，沒想到九黎的巫師拒絕了，他說『我們餓時，獵取野獸的肉是為了果腹，我們冷時，獵取野獸的皮是為了取暖，不餓不冷時，殺野獸做什麼呢？』」

阿珩很詫異，她一直以為蚩尤出生在九黎，沒想到他並不算真正的九黎族人，只怕連炎帝都不知道此事，人說狡兔三窟，蚩尤不知道有多少窟。

蚩尤淡淡笑道：「六百多年來，人們要麼怕我，要麼想殺我，即使待我最好的炎帝，仍會為了族民安危給我下毒，可我依舊敬他、尊他，視他如父，只因他從沒有欺騙過我。記得有一次炎帝教我書寫大義兩字，我問炎帝，什麼是大義，他解釋了半天我都沒明白，後來他說若讓他在族民和我之間選擇，他即使再愧疚，也會毫不猶豫地殺死我，他也曾非常坦率地告訴我當初想要收我為徒，是因為看中我天賦異稟，能幫他保護神農國。還有我看作兄長的榆罔，其實，我很不喜歡榆罔做事的溫軟敦厚，沒有決斷，可他一直是個誠實的人，我會一直把他看作兄弟，給他最忠誠的心，但如果有朝一日，他背棄永不猜忌的誓言，我會第一個殺了他！」

阿珩盯著蚩尤。

蚩尤凝視著阿珩，「我不在乎別人來獵殺我，卻絕不能容忍那個小男孩來獵殺我！我能容忍別人欺騙我，卻絕不能容忍炎帝、榆罔欺騙我！兩百七十年前，我看到妳轉身就走，不敢接近妳，是因為我害怕有朝一日，我會殺了妳！」

不知是水冷，還是蚩尤的話冷，阿珩不自禁地打了個寒戰。

蚩尤自嘲道：「我能活下來，就是因為我是一頭禽獸，夠狡詐、夠狠毒、夠冷酷。」

可這頭「禽獸」卻因為九黎巫師的一話之恩，把自己認作九黎人，護佑了九黎數百年，不惜以命和神族對抗，讓曾經的賤民變成了英雄的民族；他明知炎帝在利用他保護神農，卻依舊義無反顧地許下重諾。

不知道何時，東邊的天空亮了，清冷的晨曦從樹梢斜斜射下，映得兩人的身影都半明半寐，半冷半暖。

蚩尤凝視著阿珩，「我生於荒嶺，長於野獸中，我沒有少昊的家世、修養、風華，也不可能像他一樣，給妳最尊貴的地位，讓妳成為一國之后，讓整個天下都敬重妳，妳跟著我，注定要被世人唾罵，但……如果、如果妳還願意記得我，我會把我此生唯有的東西徹底交給妳。」蚩尤用拳頭用力敲了敲自己的心口，語聲鏗鏘，「我的這顆心！」

阿珩撇撇嘴，想冷笑，可看著這個略有幾分陌生的蚩尤，她一點都笑不出來。就像毒蛇拋棄了毒牙，虎狼收起了利爪，刺蝟脫下了尖銳的刺，他褪去了一切的偽裝，把最脆弱、最柔軟的一面暴露在她面前，沒有了張狂不羈，沒有了什麼都不在乎的傲慢，沒有了譏諷一切的鋒利，眼前的他只是一個平凡的男子，一個受過傷、會痛、會難過、會害怕再受傷的男子。

阿珩遲遲不語，蚩尤盯著阿珩，眼睛黑沉深邃，似有千言萬語，卻又一句話沒說，半晌後，他猛地轉身走回石頭旁，拿起衣服披上，「阿珩，不管妳是真忘記，還是假忘記，我現在清清楚楚地告訴妳，妳是我的女人，我是妳的男人，以前是，現在是，將來還是。妳若真不願意，那就當機立斷，趁我重傷在身立即殺了我，否則等我傷好後，一定會不擇手段糾纏到底！」

蚩尤背對著阿珩站著，一動不動。

阿珩默默地站著，胸膛起伏劇烈，很久後，她走過去，安靜地穿好衣服，面色冰寒，「好，那我就殺了你！」

她朝蚩尤走過去，手掌放在蚩尤的後心上，靈力一吐，蚩尤就會立即氣絕身亡。

蚩尤閉上了眼睛。

阿珩咬了咬牙，靈力送出。蚩尤已是強弩之末，神竭力盡，身子向後倒下，阿珩抱住了他，「為什麼寧肯死也不放棄？」

蚩尤臉色慘白，平靜地看著她，對死亡無憂無懼，一雙眸子褪去了狡詐凶蠻，好似兩汪深潭，清澈見底，空無一物，唯有兩個小小的阿珩。

阿珩恨盯著蚩尤，眼淚在眼眶裡打轉，「你明知道傷在你身，痛在我心，卻故意一逼再逼，我是真想殺了你這個折磨人的混蛋……」

蚩尤一聽到前半句話，就破顏而笑，剎那恢復了生氣，立即把阿珩抱在懷裡，阿珩推著他，似壓根不想被他觸碰，可又不是那麼堅決地要推開他，欲拒還迎間對蚩尤是又恨又喜，又怨又憐。

蚩尤緊緊地抱著她，也不知是驚喜，還是後怕，身子簌簌直顫，一遍又一遍叫，「阿珩，阿珩，阿珩，我的阿珩……」

漸漸地，阿珩的推打變成了擁抱，雙手緊抓著蚩尤，俯在他懷中，無聲而泣，哭著哭著，聲音越來越大，變成了嚎啕大哭，哭得驚天動地，就好似要把幾百年的委屈痛苦都哭出來。

兩人彼此挨貼著，身子都在抖，蚩尤一遍遍說：「我錯了，我是混蛋，我是不識好歹的混蛋……」

阿珩哭著哭著，忽然嘟嘟囔囔地說：「他們才是混蛋！」

「誰？」

阿珩一邊哭得肝腸寸斷，一邊憤憤地說：「神農山上所有欺負過你的壞蛋！」

蚩尤一愣，誰敢欺負他？待反應過來，只覺心潮起伏，情思纏綿，不管有多少的刺骨之傷都在這句話中消解了，他長嘆一聲，用力把阿珩按入懷裡，就好似要揉到骨血中，一生一世再不分離。

蚩尤陪著小心哄阿珩，可阿珩越哭越傷心，一直停不住。蚩尤怕她傷到身體，九分真一分假的「唉呦」了一聲，阿珩果然立即忘了傷心，急急忙忙地查他的傷勢，邊為他療傷邊埋怨，「你下次若再這樣不管自己死活，我絕不會浪費精力救你。」

蚩尤不說話，只是看著阿珩，看著她為自己緊張，為自己心疼，看著她因為自己而笑，因為自己而哭，從心底深處有溫暖源源不絕地溢出，早忘記了身上的傷痛。

阿珩想去尋一些草藥，蚩尤抓住她，不讓她走。

「我去去就來。」

蚩尤像個任性霸道的孩子，搖搖頭，眼睛一眨不眨地看著阿珩。

阿珩無奈，「你的傷怎麼辦？你不想好了嗎？」

「我的傷在心裡，不在身上，妳就是我的藥，只要妳在我身邊，我的傷自然而然就會好。」

阿珩又氣又笑，「胡說八道！」

「真的，妳忘記我的功法和你們都不一樣嗎？只要我的心神平靜安寧，和天地融為一體，對我而言，天地萬物都可以給我靈氣、幫我療傷。」

蚩尤用力拽阿珩，阿珩只得躺到他身邊，枕在蚩尤胳膊上。

蚩尤看著阿珩，「我捨不得睡，就想一直看著妳，可更捨不得讓妳為我的傷勢擔心。我稍稍睡一會，妳別走開。」

阿珩一邊用手把蚩尤灼灼的視線壓住，一邊紅著臉啐道：「要睡就睡，哪裡睡個覺都有那麼多廢話？」心裡卻是甜蜜歡喜的。

蚩尤笑著閉上了眼睛，立即陷入沉睡。

阿珩靜靜地看著他，心緒寧和，眼皮子越來越沉，她畢竟也被蚩尤折騰得兩天沒有睡覺了，迷迷糊糊地睡了過去。

睜眼時，已經是正午，明亮到刺眼的太陽正正地掛在懸崖頂上。兩人頭挨頭躺著，彼此呼吸可聞，都知道對方醒了，卻都沒說話，貪戀著這一刻的溫暖。

山谷安寧靜謐，日光映照下，樹越發翠綠，托得桃花越發明媚，人心一靜，能聽到落花的簌簌聲，清泉從石上流過的潺潺聲，還有深山裡的布穀鳥有一聲沒一聲的啼叫。

阿珩低聲問：「那天晚上你在哪裡？」

阿珩的話沒頭沒腦，蚩尤卻完全明白，笑指指左邊的峰頂。

「那你都看見了？」

「嗯，一清二楚。」

阿珩臉埋在蚩尤的肩頭，捶打蚩尤。蚩尤哈哈大笑，整個山谷都有回音。忽而他覺得阿珩伏在他肩頭，一聲不吭，不安地問：「怎麼了？」

阿珩半撐著身子坐了起來，神色嚴肅，似有話要說，卻又好像畏懼著，不敢張口。蚩尤也不再嬉皮笑臉，雖一聲不吭，卻用溫柔的視線鼓勵著她。

「我告訴你我並不是以前的阿珩，並不是在騙你，我真的已經不是以前的阿珩，我有可能……是魔！」

蚩尤笑笑，不以為然地說：「妳身體裡的力量是非常奇怪，那又怎麼樣呢？」

阿珩低聲說：「還很恐怖。」

她走到一株大樹旁，把手掌放到大樹上，很小心地讓力量流出，已經成長了上千年的大樹開始枯萎，樹葉紛紛掉落，短短一瞬後，整株樹都變得焦黑，她立即拿開了手。

一陣風過，整株大樹竟然像碎沙一般被吹散，揚起的黑色粉末隨風而去，地上什麼都沒有了，就好似從來沒有生長過一株大樹，只有阿珩腳下些微的焦黑提醒著一切都不是夢。

阿珩臉色發白，看著自己的手掌，自己都被自己嚇著了，她立刻回頭看向蚩尤，他的眼中全是驚訝。

阿珩說道：「這只是我的一點點力量，父王十分忌憚我的力量，和母親一起給我下了禁制，幫我封鎖住它們。大哥千叮嚀、萬囑咐不要告訴任何人，他怕別人會像除魔一樣除掉我。」

蚩尤走了過來，拿起阿珩的手掌，阿珩的整隻手掌皮都掉了，胳膊上的肌膚紅腫得就好似被火燒過，一個個水泡鼓起。蚩尤握著阿珩的手伸入水中，為她療傷。

蚩尤溫柔地說：「火能給人取暖，也能燒死人，水能滋養花草，也會淹死花草，太陽能令萬物生長，也能令萬物死亡，不是力量可怕，而是過度的力量可怕，不要憎惡自己，妳只是不小心擁有了一些不屬於妳的力量，不過妳一定要小心，這些力量就像洪水猛獸，放出去容易，收回來難，千萬不要過度使用它們。這些力量不是妳辛苦修煉所得，妳的身體並不能真正掌控，傷到別人的同時更傷到自己，好比剛才，妳只是想讓樹掉葉子，卻難以控制地把樹毀了，自己也被灼傷。」

自她甦醒後，所有人都一再叮囑她千萬不能讓任何人知道，雖然知道他們是關心她，可那種關心也暗示著她很不祥，連她自己都對自己有了厭惡。可在蚩尤的話語中，阿珩心中對自己的厭惡不見了，她咬了咬唇說：「如果我真的和父王說的一樣，是虞淵孕育的魔呢？」

蚩尤微笑，「妳若是魔，我就陪妳一塊化魔，若真這樣豈不是更好？我們終於甩脫了那些無聊的人和事，只有妳和我。」

阿珩欲笑又顰，欲嗔又喜，「甜言蜜語，假惺惺！」

蚩尤看著她的樣子，忽然情動，低下頭，輕輕地吻住了她。

在溫暖的太陽下，在他第一次看見她的地方，他終於做了那件幾百年前就想做的事情。

歡愛過後，阿珩縮在蚩尤懷裡，四周萬籟俱靜，只有蚩尤的心跳聲，咚咚、咚咚地響在耳邊，阿珩閉目傾聽，鏗鏘有力的心跳，澎湃著力量，給她莫名的安心。

蚩尤撫著她的背，瞇眼看著日頭漸漸西斜，又是一天要過去了。

阿珩低聲說：「我得回去了，這會大哥他們肯定在四處找我，再不回去，只怕就要出大婁子了。」

蚩尤漫不經心地笑，「妳的意思是說妳大哥要找我麻煩？或者還有少昊？」

「我畢竟是高辛的王子妃，即使少昊不計較，高辛王族也容不得王子妃被劫走，這事有關一國顏面。」

蚩尤斂了笑意，「阿珩，跟我走！我明日清晨就對天下昭告妳和我在一起，管他黃帝俊帝，青陽少昊，反正妳是我的女人，他們若不同意，先過我這一關！」

在蚩尤的灼燙視線下，阿珩真想立即不管不顧地答應了，可是，畢竟她自小的教導都是三思而行、謀定而後動，她不是孤身一人，不能像蚩尤一樣不顧後果地隨心所欲……她心內愁腸百轉，眼眶漸漸發紅。

自從甦醒，所有人都只和她講開心的事，連大哥都不再督促她，可她從點滴言語中已經知道，這兩百年來父王對大哥很是冷落，九哥夷彭在父王的刻意栽培下，已經幾乎可以和青陽分庭抗禮，三妃彤魚氏對母親步步緊逼，看似安寧的朝雲峰其實深陷重重危機。

蚩尤這些年強行地推動神農的體制變革，不拘一格選拔人才，誓死追隨他的人很多，可恨他欲死的人更多，一旦被敵人抓住把柄，到時候即使榆罔想幫他也幫不了，因為國有國法。

蚩尤看到阿珩低著頭，淚珠一顆顆掉落，長嘆道：「罷、罷、罷！我不逼妳，妳說怎麼辦？」

阿珩說道：「我和少昊在新婚之時定過盟約，有朝一日，他會給我一次自由選擇的機會。我畢竟是嫁出去的女兒，只要高辛不追究你我之事，我父王也不能說什麼。」

蚩尤不以為然，「因為怕高辛，所以寧願和我分開，和少昊在一起？」

「不是的。不僅僅是高辛，而是少昊和朝雲峰休戚相關，一榮俱榮，一損俱損，如果少昊垮掉了，母親和大哥只怕……到時候四哥也……母親和四哥待我如何，你都看在眼裡，我不想因為自己傷害到母親和四哥，給我點時間，好嗎？」

蚩尤弄明白阿珩為什麼不肯離開少昊後，反倒釋然了，笑把阿珩勾到面前，「好！」他親了親阿珩眼角的淚，嬉皮笑臉地逗阿珩，「不管發生什麼，妳都不用害怕，我永遠在妳身後，誰若欺負了妳，妳叫一聲『蚩尤』，我就立即衝上去，咬死他！」

阿珩破涕而笑，「你到底是神農國的將軍，還是條野狼？」

蚩尤笑眨眨眼，自吹自擂地說：「就算是狼，也不是普通的狼，是對阿珩忠心耿耿、勇敢無畏、機智聰明、神功蓋世、英俊無敵、天上地下、獨一無二的狼。」

阿珩哈哈大笑，憂愁盡去。蚩尤溫柔地看著她，對男人而言，不管他是平凡還是偉大，看到自己能令心愛的女人開懷大笑，那一刻的幸福會強烈到令他為自己驕傲。功名利祿算什麼呢？能讓一個人真正的歡笑才是天下至難！

阿珩用力抱住了蚩尤，天色在漸漸黑沉，可她的心裡有一個太陽，明亮溫暖。

——曾許諾〔卷二〕然諾重，寸心寄　卷終

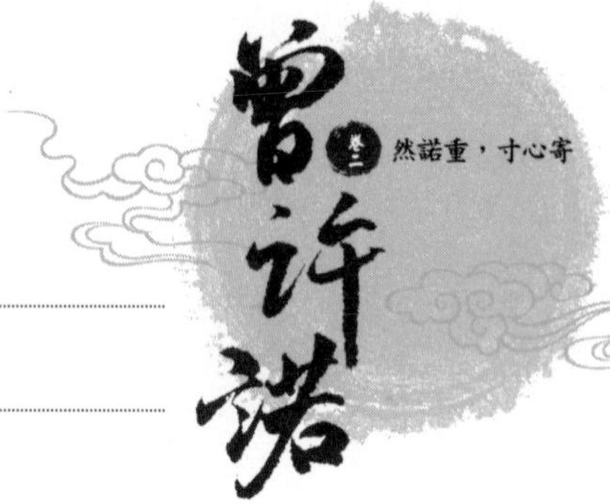

茶蘼坊 20

作　　者　桐華

總 編 輯　張瑩瑩
副總編輯　蔡麗真

責任編輯　吳季倫
校　　對　仙境工作室
美術設計　yuying
封面設計　周家瑤
行銷企畫　黃煜智、黃怡婷

社　　長　郭重興
發行人兼出版總監　曾大福
出　　版　野人文化股份有限公司
電子信箱：service@bookrep.com.tw
發　　行　遠足文化事業股份有限公司
地址：231新北市新店區民權路108-3號6樓
電話：（02）2218-1417　傳真：（02）8667-1065
電子信箱：service@bookrep.com.tw
網址：www.bookrep.com.tw
郵撥帳號：19504465　戶名：遠足文化事業股份有限公司
客服專線：0800-221-029
法律顧問　華洋國際專利商標事務所 蘇文生律師
印　　製　成陽印刷股份有限公司
初　　版　2012年5月

定　　價　220元
I S B N　978-986-6158-85-8
有著作權　侵害必究
歡迎團體訂購，另有優惠，請洽業務部（02）2218-1417分機1120、1123

國家圖書館出版品預行編目資料

曾許諾〔卷二〕然諾重，寸心寄 / 桐華　著
-- 初版. -- 新北市：
野人文化出版：遠足文化發行，2012.5
224面；15 × 21公分. --（茶蘼坊；20）

ISBN 978-986-6158-85-8（平裝）

857.7　　101000218

繁體中文版©《曾許諾》2011年經桐華正式授權，同意經由野人文化股份有限公司獨家發行，非經書面同意，不得以任何形式任意重製、轉載。

廣　告　回　函
板橋郵政管理局登記證
板橋廣字第143號

郵資已付　免貼郵票

野人

23141
新北市新店區民權路108-3號6樓
野人文化股份有限公司 收

請沿線撕下對折寄回

野人

書名：曾許諾〔卷二〕然諾重，寸心寄　　書號：0NRR0020

姓 名 □女 □男 生日

地 址

電 話 公 宅 手機

Email

學 歷 □國中(含以下) □高中職 □大專 □研究所以上

職 業 □生產/製造 □金融/商業 □傳播/廣告 □軍警/公務員
□教育/文化 □旅遊/運輸 □醫療/保健 □仲介/服務
□學生 □自由/家管 □其他

◆你從何處知道此書？
□書店 □書訊 □書評 □報紙 □廣播 □電視 □網路
□廣告DM □親友介紹 □其他

◆你通常以何種方式購書？
□逛書店 □網路 □郵購 □劃撥 □信用卡傳真 □其他

◆你的閱讀習慣：
□百科 □生態 □文學 □藝術 □社會科學 □地理地圖
□民俗采風 □休閒生活 □圖鑑 □歷史 □建築 □傳記
□自然科學 □戲劇舞蹈 □宗教哲學 □其他

◆你對本書的評價：（請填代號，1.非常滿意 2.滿意 3.尚可 4.待改進）
書名_____封面設計_____版面編排_____印刷_____內容_____
整體評價_____

◆你對本書的建議：